遊戲代號：伊韓亞
年齡：22
性別：男
出生在一個貧窮的小村子，父母將他賣給吸血鬼王，長大後的他個性扭曲，並妄想成為吸血鬼。在吸血鬼王離開城堡後，伊韓亞坐上吸血鬼王的王位，成為名副其實的血腥伯爵，直到被旺柴與夜鷹以「解任務」之名瓦解惡行。
U0000373

遊戲代號：綠水
年齡：？
性別：男
巴克萊雅博士製造的AI，沒有實際的身體，總是以影像的方式飄浮在旺柴身邊。很毒舌，總是喜歡吐槽旺柴。
Brave new world Online

GOBOOKS
& SITAK
GROUP©

GOBOOKS
& SITAK
GROUP©

三日月書版

三日月書版

2
新任務・虛實連結
子陽
illust. 白夜BYA
Brave new world Online
我從遊戲中喚醒的魔王是廢柴

# Contents

序章 011

第一章 021
監控你的身體，連屁屁都不放過

第二章 051
以為是野外求生，原來是觀光團！

第三章 077
辣個男人，回來啦啦啦啦～～

第四章 105
熾熱的氣息，離不開的擁抱

第五章 127
又是你！為什麼你又在當大魔王！？

第六章 151
陽台上的那人，睥睨的眼神

第七章 177
這個沒救了，直接電死！

第八章 201
紅色星光

後記 231

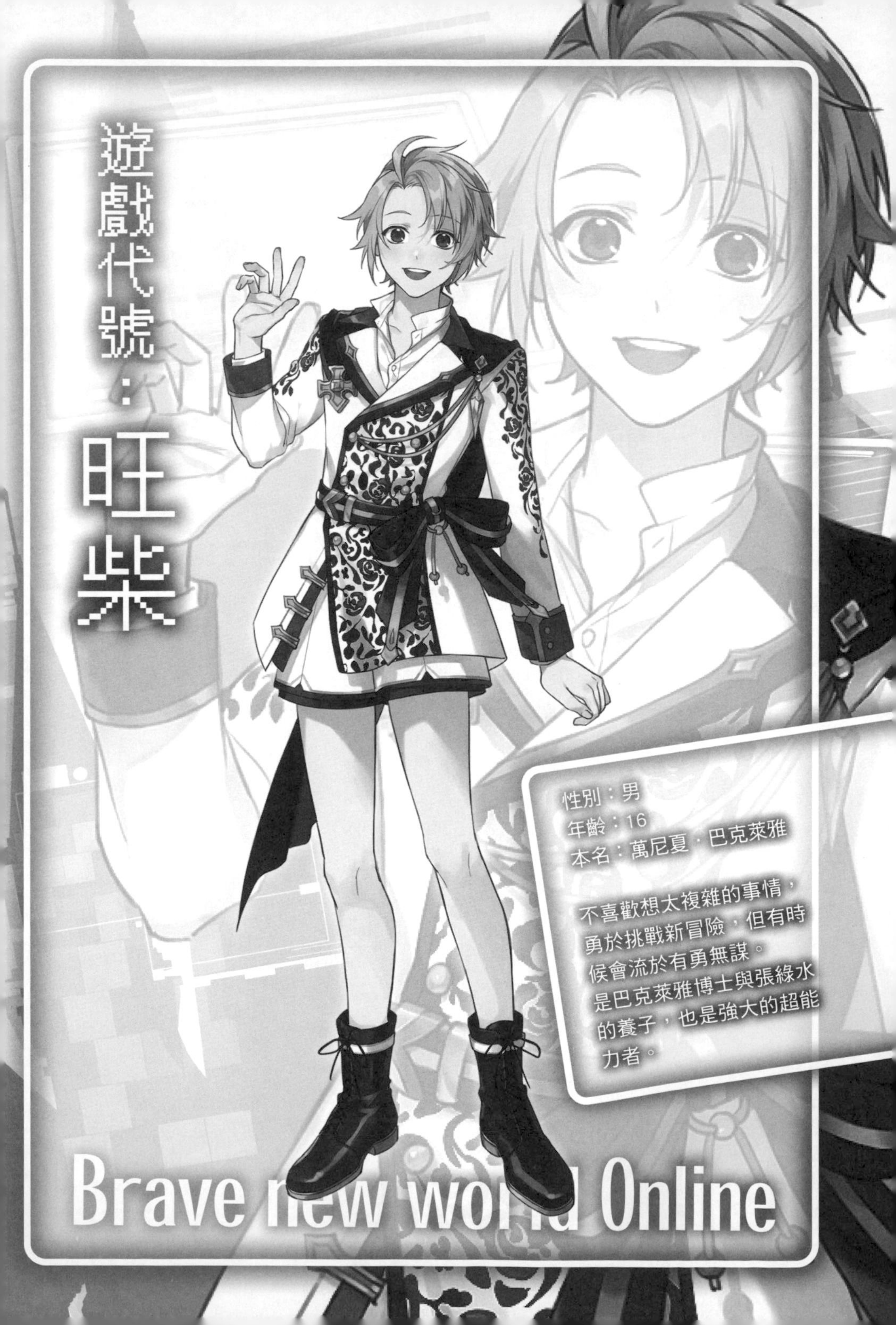
遊戲代號：旺柴
性別：男
年齡：16
本名：萬尼夏．巴克萊雅
不喜歡想太複雜的事情，勇於挑戰新冒險，但有時候會流於有勇無謀。是巴克萊雅博士與張綠水的養子，也是強大的超能力者。
Brave new world Online

遊戲代號：夜鷹
年齡：？
性別：男
本名：？
很會照顧人，有一個妹妹。
曾隸屬HUC（人類聯合社區）第八維和部隊，擔任狙擊手。之後因為見義勇為，誤殺了隊友而被判處死刑，因此逃離HUC。
從遊戲中喚醒了旺柴（萬尼夏），並誓言保護他。
Brave new world Online

# 序章

「今天，我們要來練習魔法。」

山稜上的城堡永遠都是冬天，穿著灰色皮草大衣的少年，站在桌子圍成的教室中間。

少年漆黑的長髮挽起，右耳上方配戴著頭飾，金色的頭飾宛如不規則的樹枝，上面掛滿了紅珊瑚做成的血珠子。

「你們每人桌上都有一個盆栽，盆栽有綠色的葉子、花苞還有一顆蝶蛹。」

少年的口音奇特，乍聽之下會以為他是外鄉人，但他天生自帶的高傲口氣和清晰的咬字，使那口音聽久了會令人生畏，彷彿口音區別的不是地區，而是階級。

他就是吸血鬼王，這座城堡的主人，以及附近十七個鄉鎮的領主。

「花苞尚未綻放，所以看不出花開了之後會是什麼顏色，蝶蛹也是同樣的『狀態』。你們不知道之後生出來的蝴蝶，會有怎麼樣的翅膀。」

教室裡有五張桌子，圍成一個圈，每張桌子後面各站著一名少年，他們都是十三歲到十六歲的年紀。雖然與吸血鬼王一樣是「少年」，但他們臉上都還有著未脫的稚氣，也對吸血鬼王畢恭畢敬。

「讓我問你們一個問題，你們現在看不到花的顏色，但『花的顏色』是在花苞裡就決定的，還是綻放的時候才被決定的呢？」

吸血鬼王動動手指，其中一個盆栽就開出了白色的花。

看到自己桌上的白花綻放，穿著和服外套、淡綠色長髮的少年深吸了一口，神情也變得明亮起來，「哇啊啊～好香喔！」

「阿格沙。」吸血鬼王看到後，馬上點那孩子的名字，「我的魔法不是用來娛樂你的。」

「對不起，主人……」阿格沙馬上收斂神色，低下了頭。

「雖然魔法不是你的專長，但我們每個人都有意想不到的天賦。」

吸血鬼王瞥向白花一眼，白花就像時間倒退似的，縮回花苞裡，然後又綻放。

只不過，花瓣變成了粉紫色。

「主人好厲害啊！」

「不要光誇我，你要學起來。」

吸血鬼王讓紫花縮回花瓣裡，但孩子們都只是盯著桌上的盆栽，沒有人能使之綻放。

五個孩子的神情各異。

阿格沙把盆栽拿起來，從各個角度看，但就是看不出個端倪，不知道主人是怎麼做到的，倍感困惑。

雷文彈了一下葉片，彷彿知道這不是自己擅長的，因而早早放棄。

小南瓜在看其他人怎麼做，但看了半天自己都沒有動作。

瑪摩塔讓整株植物變成黑色的了。

「我想起人類的資料庫裡有這個故事。」吸血鬼王悠悠地開口，「有一個男人在花園裡，看到一隻蝴蝶試圖從蛹裡爬出來，他觀察了好久，一直沒有進展，於是他拿了一把剪刀，把蛹剪開，他以為這樣能幫到蝴蝶，讓牠更快出來，但沒想到從蛹裡出來的，是翅膀萎縮、身體臃腫的怪蟲。牠的翅膀張不開，飛不起來，牠身上都是蛹裡的黏液，很快就溺死在自己的體液裡了。」

吸血鬼王說完故事，眉宇間竟有一絲憂傷。

他沒有試圖掩飾這股憂傷。

「這個故事是要告訴人類欲速則不達，有時候，人生的關卡就是要自己慢慢爬。你們有什麼想法呢？雷文……？小南瓜……？」

吸血鬼王環顧教室裡，又定睛在淡綠色長髮的少年臉上，「怎麼了，阿格沙？」

「他為什麼要做那種事？」阿格沙仿造吸血鬼王的表情，彷彿他也感受到了那股憂傷。

「誰？」

「那個男人啊！為什麼要剪開人家的蛹？那不是很殘忍嗎？」

「噢，我親愛的阿格沙……」吸血鬼王走到阿格沙面前，「你必須了解，這世上永遠都有純粹的惡。你不知道對方為什麼要做這種事，但他們說著亙古不變的緣由：為你好。」

吸血鬼王的語調出奇地溫柔。

「這都是為你好，幫你去除了阻礙，你還不懂得爬起來，是你不知好歹。」

吸血鬼王的話讓少年們大多摸不著頭緒，但他們都把疑問往肚子裡吞。

「你是怎麼想的，伊韓亞？平常最聰明伶俐的你怎麼不說話了？」吸血鬼王緩緩轉過身來，他的紅唇慢慢顯現，望向一名乖巧的少年。

少年有一頭淺褐色的短髮，穿著儉樸的襯衫和長褲。因為山上的氣候長年寒冷，他身上罩了一條淺黃色的長外套，顏色柔和，使他看起來一點威脅性都沒有。他雙手平靜地擺在腹部，唯獨那雙冰藍色的眼眸令人猜不透他在想什麼。

「故事是主人編的，主人想要怎麼樣，就怎麼樣。」

「哦？」

吸血鬼王轉身，卻沒有走到伊韓亞的桌前。

「主人想要讓蝴蝶飛不起來，牠就飛不起來，主人想要給這個男人體會在地上爬的滋味，他就會一輩子在地上爬。」

「哈哈……哈哈哈！」吸血鬼王大笑。

少年們面面相覷，他們不懂伊韓亞為何敢用那種狂傲的口氣，還能逗得主人開心。

「我編的嗎……你說得沒錯，我們都有創造和毀滅的能力！我們能改變故事結局，就像我改變你們的命運！」

吸血鬼王看著教室裡的五個孩子，臉上意氣風發。

這五個人個性迥異，差之甚遠，但他們都是改變世界的種子。

「我說過，這個世界不是只有你們能看到的樣子。真相隱藏在數據裡，改變一個代碼、改寫一串程式，你看到的就會完全不同。」吸血鬼王一邊說，桌上的盆栽陸續開出不同顏色的花朵，蝶蛹也生出蝴蝶，在教室裡翩翩飛舞。

「我相信你們都有這樣的能力……」

「我相信你……」

主人的聲音迴盪在耳邊，彷彿還是昨天的事，房間裡玫瑰和紫丁香的氣味依然那麼熟悉，好像一切都跟以前一樣。

維生艙裡出現白色的手印，砰！砰！砰！——不斷由內往外敲擊。

雙手撕開透明的蛹殼，打破維生艙的玻璃門，一具赤裸的男人軀體順著艙內的透明黏液滑到地上。

男人全身濕黏，手腳止不住顫抖，好像他根本無法控制自己的骨骼肌肉，但他想起剛出生的牛犢都會馬上站起來，所以他也一定要站起來才行。

他試圖撐起自己的手臂，失敗了，試圖讓雙腿移動，也失敗了，但他不會這麼快就放棄的。

他喘著粗氣，拖著身子往前爬行。他想起主人說過的故事，覺得自己就像那隻被剪開蛹的怪蟲。

「啊啊……！」

他沒有翅膀，只有沈重到不行的身軀。

這重量讓他難以承受，他根本站不起來，光是爬行就很吃力了。

「啊啊啊！」

這裡是哪裡？自己怎麼會出現在這裡？

他爬過滿地的碎玻璃，但因為有黏液的保護，身上並無擦傷。他注意到兩旁都存放著類似的玻璃棺，裡面都有人類的身體——至少，是人類的形狀。

黏液慢慢乾掉，他漸漸適應了身體的重量。

他扶著一只玻璃棺站起來，因為好奇，他擦去棺上的灰塵，看到底下的人體都沒有臉，嚇得跌坐在地上。

半晌，他定了定神，靠自己的力量慢慢站起來，起先是搖搖晃晃的腳步，但他往前走一步、兩步，越走越穩了。

他走過滿地塵埃，看到越來越多的玻璃棺，裡面都是無臉軀體……

最後，他在一面牆上的鏡子裡看到自己的臉。

淺褐色的短髮還有點濕濕的，雪白的肌膚如往昔一般無暇，冰藍色的眸子裡卻滿是疑惑。

他不明白這裡是哪裡，但這是「自己」的臉，這是伊韓亞．貝松里的臉，他對此非常肯定。

自己全身赤裸，那些躺在玻璃棺裡的無臉軀體也都沒有穿衣服。

就像新生兒一樣。

伊韓亞木然地看著鏡子，想起那天魔法課的後續。

下課時間，阿格沙在走廊堵到他，臉上全然沒有聽吸血鬼王講完故事時的憂傷，「伊韓亞，你的伶牙俐齒還真是主人認證的呢！」

當時的他只是輕輕瞥了一眼，懶得回擊，反正阿格沙也只有這點能耐。

在吸血鬼王的城堡裡，禁止孩子們用魔法或武力械鬥，只能搞一些小動作。

「你知道怎麼討主人歡心，但主人知道嗎？我看過你偷穿他的衣服……」

「你的鋼琴課要遲到了。」伊韓亞直視阿格沙，眼神不偏不倚，口氣卻事不關己，「可以跟主人單獨上課，我很羨慕呢！」

「那你怎麼不用你那伶俐的舌頭，跟主人爭取呢？」

「我彈琴的手藝不好。」

「也是，你的音感不像我一樣好，手指不像我一樣纖細修長。」

阿格沙將自己的雙手從和服外套的袖子裡伸出來。他的本意是炫耀，伊韓亞卻突然抓住他的手，將人壓在牆壁上。

阿格沙面露驚慌，背脊發涼。

他渾然沒有意識到，自己炫耀強項的同時，也暴露了自己的弱點。

還是暴露在伊韓亞面前。

伊韓亞是所有兄弟之中，吸血鬼王最寵愛，也最肆無忌憚的。

「我彈琴的手藝不好，但我沒必要讓自己變好，我只要讓手藝好的人也變得不好就行了。」

伊韓亞靠近阿格沙耳邊，同時用力握緊阿格沙的手指，「我知道很多攻擊魔法可以就近發動。」

「你不能用魔法攻擊兄弟！那是規定！」

「我可以說我在練習的時候不小心打到你，或是你自己使用魔法失控了……可憐的阿格沙，他想像我一樣，因為他魔法課的成績太差才會叫我幫忙……」

「你瘋了！」

「不，阿格沙，我很冷靜，才知道要怎麼對付你。」

「呃！」

阿格沙情急之下用頭去撞伊韓亞的臉，讓自己得以掙脫。他揉揉自己的額頭，又看到自己的手腕，皮膚都被捏紅了。

「總有一天，主人會看清你的真面目！」

伊韓亞摀著口鼻，只露出一雙冷漠的冰藍色眼睛。

那手掌底下到底怎麼樣了，阿格沙不想知道，他轉身跑開。

伊韓亞看著對方落荒而逃的背影，直到在轉角消失，他才拿下摀著口鼻的手，抹去鼻血。

如今，他看著鏡子裡的自己，鏡子邊緣有一個商標，印著「Elysium Co., Ltd. 極樂世界公司」，但他沒注意到。

身處陌生的環境，孤伶伶的一人，連跟阿格沙吵架都好懷念。「身體」的感覺還很陌生，世界好像都變了樣，這裡盡是他沒看過、沒辦法控制的東西。

他以前能看穿世界的本質，如今他看著自己的雙手，驟然意識到——

「我不能用魔法了……」

# 第一章

# 監控你的身體，連屁屁都不放過

討伐巨型西瓜蟲，成功！

討伐幽靈黑影，成功！

討伐幽靈白影，成功！

討伐巨型黑白混合顏色的不知名怪蟲，成功！

反正不管討伐什麼，統統都成功！

旺柴站在一輛廢棄汽車的車頂上，比出勝利的小拳頭，但能欣賞此情此景的人只有他自己一人。

「三十分鐘後日落，開始倒數，二十九分五十九秒。」

「停停停！不要再數了！」

旺柴現在很怕倒數。

說錯了，不是「只有他自己」，旺柴身後有一個ＡＩ的立體投影，雙腳從不沾地，隨時擺出漂浮的姿勢，美貌如出水芙蓉，全身非常閃亮。

「綠水，你不考慮配合末日的氣氛，換一下造型嗎？」

「這叫時尚。」

綠水穿著白色開岔長袍，開到快要可以露出內褲，又長到可以把腳遮住。如果他站著就算了，偏偏他很喜歡飄起來，在空中擺出好像腳要抽筋的姿勢，不知道要給誰看。

「你不是我的輔助NPC嗎？你一整天裡到底幫了什麼忙？」旺柴從車頂上跳下來，是該回家的時間了。

「我有幫你計算打了多少怪。」

「計算有什麼用，又沒有經驗值。」

旺柴往回家的路上走，綠水飄在他身後。

「有喔。」

「我們都回到現實世界了……難道我們在玩『現實Online』？」

旺柴的口氣有些自嘲，但綠水卻是認真的。

「我的職責就是隨時監控你的身體數值。我觀察到你一直在成長，你這幾天一直使用超能力放大絕，越放能量越強，初估你目前體內蘊含的能量已經相當於一顆飛彈，可以毀掉一座城市了。」

「你不是來防止我力量失控的嗎？為什麼你的口氣聽起來很自豪？難道是我的錯覺？」

旺柴心裡很無言，尤其是看到綠水嘴角上揚的神態，彷彿意味著「我家的孩子真棒」。

「哼，這個世界已經毀滅過一次，再毀一次也不會怎樣。旺柴，要試試看嗎？」

「喂喂，你這種話不能讓別人聽見啊……」

「這裡沒別人。」

所以綠水才「飄」得這麼肆無忌憚。

這座城市裡已經沒有別的人類了，除了他們。旺柴走在大馬路中間，馬路上四散的車輛都已經變成廢鐵，車主早已不知道跑到哪裡去了。城市裡許多柔軟的東西都化掉了，剩下堅硬的物質，例如白骨。

「夜鷹回到家了嗎？」

旺柴邊走邊問，一個人都沒有的城市安靜異常。汽車底盤下沒有卡著怪物，騎樓陰影處也沒有黑影蟄伏，因為這周邊的怪物都被旺柴清掉了。

「早就到家了。」綠水說，「他在煮晚餐。」

「你怎麼不早點跟我說？」

「你沒問。」綠水回答得理所當然，「我看你打怪打得滿高興的，不想吵你。」

「早知道我就打快一點，一次放範圍技，全部秒殺！」

旺柴加快腳步，如果說他回到現實世界後覺得有什麼不適應的地方，就是移動速度。他不能輸入座標就傳送到某地，人類至今也沒有這樣的科技。

「一時放技一時爽，一直放技一直爽。」

「哈哈……倒不如說沒什麼感覺吧……」

旺柴臉上故做輕鬆，心底卻有一股莫名的惆悵。

和夜鷹會合後，至今過了三個星期。

他們花了一點時間回到旺柴家，那也是巴克萊雅博士和張綠水的家。曾經被稱為「瘋狂豪宅」的房子，如今成了他們的基地。

旺柴掀開客廳壁爐前的地毯，讓夜鷹看到地板上已經變咖啡色的血跡。過去的場景自動重現，夜鷹看完後，他沒有發表評論，也沒有半句矯情的安慰，只用一雙溫柔的金色眼眸輕輕地說：「好，我一定會幫你找回博士和張綠水。」

夜鷹馬不停蹄地開始行動。他將整棟豪宅做了一遍地毯式搜索，同時清點出生存物資、規劃逃生路線、制訂防禦和攻擊的位置點。當夜鷹在家裡到處走動，綠水有種自己體內被一層層看透的感覺，很想把這個男人趕出去！

旺柴覺得夜鷹太小題大作了，夜鷹不是看一看現場布置就能推理出結果嗎？夜鷹則否認自己有那樣的能力，他說，那叫通靈。

豪宅裡有兩間書房，一間是張綠水的，一間是博士的。

夜鷹找遍了書房，結論是，他還是不知道巴克萊雅博士的身分，也不知道博士是否有其他親人、朋友能讓他在危急時刻投靠。

博士沒有留下電腦，綠水雖然本身就是一台超級電腦，但他不是博士工作用的電腦，他的搜尋功能也被刻意封鎖，沒辦法搜尋有關巴克萊雅博士的一切資料。

「為什麼要這樣？好煩！」旺柴猛抓自己的頭髮。

夜鷹耐心地握住旺柴的手，摸摸旺柴的頭，使旺柴覺得被安慰了……

「我覺得這表示博士是一個很謹慎的人。」夜鷹道，「如果他工作的內容是機密，那他不把工作用的電腦或文件帶回家是很合理的。」

夜鷹沒有找到博士的線索，卻在張綠水的書房裡發現了幾份有意思的文件。

「原來他是綠洲集團的繼承人。」

「綠洲集團？」

旺柴看夜鷹手上的文件，全都是密密麻麻的字母，看起來像古老的神祕咒語。

「嗯，綠洲集團的主戰場是人工生命工程，投資領域涵蓋製藥、疫苗、基因研究、能源科技等等，這份文件就是張綠水以董事會成員的身分，核准一千七百萬美元的融資案。」

「……」旺柴完全聽不懂。

為了不讓旺柴的腦袋再燒下去，夜鷹見好就收，「總之，你『媽媽』是一個很有錢的人。」

「多有錢？」旺柴完全沒有概念。

「嗯……大概就是星河市的總督、銀河市的市長和綠洲之城的城主都要聽他號令的程度，畢竟財團跟政府勾結也不是什麼新鮮事了，呵呵。」夜鷹用美麗新世界裡的設定來講解。

旺柴想起星河市的貓總督出巡時前呼後擁的模樣，立刻知道了張綠水的分量，「我媽媽是這麼厲害的人？」

「他就是我們一般人講的富三代。」

「……！」旺柴目瞪口呆。

「除此之外都是出版授權的文件……大綱的手稿……購物型錄……」

夜鷹翻看完，就把文件放回原位。

夜鷹以前不知道綠洲集團的老闆姓張，但綠洲集團是念人工生命工程的學生都想進去的大公司。他以前的志願並非人工生命工程，但在學生時代，為了以後就業能有個方向，學校都會提供前幾大企業的資料，一些企業集團也會辦寒暑假的營隊，供學生參觀未來的工作環境，所以他聽過綠洲集團的大名。

夜鷹請綠水播放博士被警察帶走的畫面，對比日期後，他發現了一些盲點。

「如果綠水檔案裡的日期沒有被竄改過，那麼，『爆炸』發生後馬上就有鄰居報警了，博士才會那麼快被逮捕。這一天是二〇六九年四月二十六日，這個時間點旺柴已經在『美麗新世界』裡面了，世界毀滅的日期是四月二十七日，所以旺柴不可能是毀滅世界的元凶。」

「哼哼！」

旺柴雙手扠腰，得意地笑，他就知道夜鷹能證明他的清白。

「我記得很清楚，因為五月底我原本有一個很重要的考試。」

「考試……？」

旺柴疑惑歪頭，但夜鷹沒打算說的樣子。

「反正，突然就——啪！一聲就沒了。」

「啊？」旺柴滿頭問號，不懂這譬喻到底是什麼。

之後，夜鷹就帶旺柴和綠水去當年的警局調查。

夜鷹對這一帶都很熟，他無須利用綠水的地形掃描功能，熟門熟路地走在前面，旺柴這才意識到……

「夜鷹，原來我們是鄰居！」

夜鷹回過頭來，微笑裡有些無奈，「我家離這裡還有好幾條街，不過，可以算是同一區的吧！」

「我記得你說的蛋糕店，等一下會經過嗎？可以指給我看嗎？」

旺柴追上夜鷹的腳步，走在夜鷹旁邊。這感覺好稀奇，他以為他們是在美麗新世界裡相遇，但其實早就在現實世界裡見過面了。

「啊……抱歉……」

旺柴收起興奮的心情，突然意識到自己的態度不妥，因為對他來說，這個世界仍值得探索，但這個世界對夜鷹來說卻充滿了傷心往事。

城市裡早已是廢墟，街景一片狼藉，暗影處潛伏著怪物，什麼蛋糕店也早就人去樓空。

夜鷹卻笑著搖頭，「沒關係，你想說什麼就說什麼，不需要有顧慮。」

「可是……」他不想看到夜鷹難過。

「你把這個世界當成遊樂場也沒關係，因為有你在我身邊，讓我很安心。」夜鷹揹著槍，和旺柴並肩走在大馬路上，「世界本來就應該是這樣子，走在路上不用擔心生命會有危險，這才是……」

夜鷹彷彿看到以前的街景，廢墟在他的腦海裡都修復成原本的樣子，大樓、招牌、路燈、車子，構築成一座都市的樣子。

行人都在滑手機，低頭走在路上雖然有跌倒的風險，但是路口都有紅綠燈，車子會禮讓行人，大家不用擔心轉角躲著青面獠牙的怪物，因為只要在紅燈的時候停下來就好了。

路邊偶爾會有攤販，就像在「星河市」那樣，有剛出爐的麵包和櫥窗裡的精緻蛋糕，總會吸引路人排隊。

有人說，都市人是冷漠的，大家都行色匆匆，趕往目的地。但是，這樣不好嗎？每個人都有自己的目標，那時候的人類還能有夢想。

旺柴不知道夜鷹看到了什麼，但夜鷹沒有觸景生情真是太好了，夜鷹果然是很成熟的大人。

兩人來到警局，警局裡同樣也是一片廢墟。一具穿著制服的白骨壓在櫃子底下，旺柴差一點踩到白骨的手。

夜鷹找到了當年的報案紀錄：有鄰居聽到「瘋狂豪宅」裡傳來巨響，警方接到報案後，派員警到現場，發現艾利希歐．巴克萊雅博士穿著一件染血的白袍，客廳的地板上躺著他的「丈夫」張綠水，已經沒有生命跡象。員警研判是博士殺了張綠水，便以現行犯逮捕，博士沒有抵抗、沒有辯解，完全行使他的緘默權，被員警帶回警局。

和夜鷹一起讀完書面報告後，旺柴望了望陰暗的警局，難道這就是所謂的……地牢？

「所以，我爸爸被關在這裡嗎？」旺柴問。

「我們可以仔細搜查，但我不認為博士會被關在這裡，或是……死在這裡。」

夜鷹打開步槍的槍燈，開始一區一區巡視，旺柴亦步亦趨地跟在後面。

所幸，牢房裡都是空的。

他們在走廊上發現倒下的白骨，有一些蜷曲在角落，比較像是受傷或是因為其他因素來不及逃走。

「他們會不會把我爸爸關到其他地方了？」旺柴看著陰森森的室內，手臂都起雞皮疙瘩。

「有可能，但是也不可能。」夜鷹皺著眉思考。

「什麼啊？」

「因為要經過司法審判。」

「？？？」又是一個旺柴聽不懂的東西。

「警察逮捕了博士，但是按照正常程序——我說的是世界毀滅前的程序——從被逮捕到起訴、開庭，這中間要花很長的時間。不論博士被關到哪裡，我相信他只要找律師來，就能把自己弄出去了。」

「啊……？」旺柴很難相信，「有那麼簡單？」

「找律師一點都不簡單，但他是綠洲財團的女婿，不知道做著什麼神祕工作，發明連接虛擬世界的裝置、住在一棟豪宅裡，這些外部條件都讓我認為他不可能是普通人，不會連一個律師都請不起。」

「警察不就是……認為我爸爸是壞人，才把他抓走的嗎？」

「在那種情況下，『警察把博士抓到警局』的動作是很合理的，但是接下來要走司法程序。原則上來說，警察應該要把博士送去給檢察官，由檢察官來決定下一步，沒有權力把你爸爸一直關著。」

「我以為這裡是地牢呢……」

旺柴稍微放心了，他一度以為這裡會有把人搞得血肉模糊的刑具，他最怕恐怖遊戲了。

「如果是有重大罪證，博士有可能被羈押在看守所。我們還是找找看有沒有監視器，這樣才能知道博士到底有沒有請律師，或是被移送到其他地方。」

夜鷹在地下室機房找到監視器的主機，經過綠水的掃描，監視器畫面嚴重毀損，但不是不能修復。

於是，夜鷹把硬碟搬回別墅，綠水這幾天就在做修復的工作。但綠水是ＡＩ，他可以一邊做運算，一邊讓自己的投影跟著旺柴到處跑，只要旺柴手上戴著裝載綠水程式的手環，綠水就能出現在他身邊。

像幽靈一樣。

※

「我回來了！」

旺柴回到別墅，一踏進鐵門就大喊。

「咦？那是什麼味道？」

旺柴順著味道走過去，在庭院看到夜鷹。

夜鷹穿著廚師圍裙，背後揹著一把狙擊步槍，一手拿著一個夾子，撥弄烤網上的食物，並以一個豪邁的姿勢坐在火堆前。他看到旺柴回來，映著橘色火光的柔和臉龐露出微笑，「你回來啦，可以吃飯了。」

「今天吃烤肉？」旺柴跑到火堆前坐下，夜鷹遞給他一個盤子，「好香喔！不愧是夜鷹，你煮的比綠水的罐頭餐好多了！那個沒有味覺的ＡＩ，以為什麼都可以用數據調控……」

「我聽到了。」綠水無聲無息地出現在旺柴身後。

旺柴被嚇到，連忙抱著夜鷹的手臂向夜鷹求援，「你看他啦！就只會欺負我……明明是我的輔助ＮＰＣ，到底輔助了什麼？」

「監視器畫面快修好了，預計再十六小時，明天就可以看了。」綠水飄到旺柴對面的木頭椅子，淡定地坐下。

「辛苦你了。」

夜鷹的態度一如往常地溫和，對綠水也總是和顏悅色。

旺柴甚至覺得，夜鷹如今對綠水的態度，比在美麗新世界時還要和善許多。

夜鷹把烤熟的肉夾到旺柴的盤子裡，在火堆上另外架起一個鍋子煮湯，「旺柴，託你的福，這附近開始有野生動物了。」

「我？」旺柴指著自己，「我有做什麼嗎？」

「你每天出門打怪，把這附近的怪都清掉了。可能是因為生存空間被讓出來了，舊世界的動植物都開始回籠。我今天在外面看到鹿了，但牠還小，我就沒有殺牠。」夜鷹一邊說著，臉上洋溢著幸福的微笑。

旺柴覺得很不可思議。

他不懂夜鷹為什麼會有這樣的表情，因為他不明白那對夜鷹來說是生態復甦的象徵，而生態復甦正是這個世界還有救的可能。

每當夜鷹說到他不懂的東西，他就覺得夜鷹離自己好遙遠。

夜鷹是不是……比較喜歡他以前那個世界呢？如果時光能倒回，他會想回去嗎？

「來，你多吃點，你一直放技能，一定很累吧？」夜鷹把旺柴的盤子都添滿了。

「其實還好……」

「不要勉強自己喔。」

「我沒有……」

旺柴一邊吃肉，心裡卻有點不好意思，因為他一點都不累，他反倒覺得自己是在白白享受夜鷹的好意。

最近，他們白天經常分開行動。

夜鷹去打獵和搜刮附近能用的物資，旺柴就帶著綠水到處放技能。

旺柴覺得自己像從菜雞轉職成魔法師，還是不用念咒語就能施放大規模範圍技的那種，他不知道自己的底線在那裡，也不知道這「沒有極限」的超能力到底是好是壞。

「這是什麼肉？」旺柴好奇一問。

「野兔。」夜鷹道。

旺柴歪頭，「是那種嘴巴尖尖、鬍子長長，會發出喀啦喀啦聲音的生物嗎？」

「呃……我不確定兔子會不會出喀啦喀啦的聲音。」

「牠的眼睛會發出紅光，生氣時頭上會長出角，被角刺到就會中毒？還只有處女的鮮血能解毒？」

「呃……」夜鷹不知道該怎麼回答，「我處理的時候是沒有看到角……」

「旺柴，現實世界的兔子長這個樣子。」綠水使用圖片支援。

看到那圓圓的大眼睛、耳朵長長尖尖、毛茸茸的可愛模樣……

旺柴怔住了，筷子掉到地上。他看著自己盤子裡的肉，看著邊烤邊吃還一臉疑惑的夜鷹，瞬間覺得自己心裡好像有什麼東西裂了——原來是他的三觀！

「怎麼可以……怎麼可以吃兔兔！」

一聲吶喊，能量釋放，烏鴉從頭頂飛過，旺柴趴在地上大哭。

※

夜鷹說過，晚上盡量不要出去，因為那些怪物跟野生動物一樣，牠們的夜視能力比人類好，活動力也比較高。

旺柴乖乖聽話，日落之前就回家，夜幕降臨後，他坐在三樓露台的女兒牆上。

三樓露台連接著主臥室，以前是張綠水的空中花園。張綠水會在露台上種滿月季，月季花有爬藤性，透過園藝手法，能讓它變成一整面的花牆。

夜鷹來了之後，幫旺柴把房子裡裡外外都整修過，三樓露台上那些枯萎的花莖也被他拔掉了，但他有發現一些乾掉的種子，便重新種下，希望有一天會長出來。

「旺柴。」

夜鷹來到三樓露台，遞給旺柴一杯熱奶茶。

「對不起，我下次會注意的。」

旺柴接過馬克杯，聞到薰衣草的香味，「沒有啦，是我太激動了……」

他喝了一口，心裡充滿了暖意。

夜鷹整修房子的時候，一度為庭院煩惱過，因為庭院的花草樹木都枯死了，他想要把枯死的部分剷掉、翻土，去野外找新的植株回來種，但他一個人會做到累死，加上那片土又硬得像石頭，比作戰行軍還累。

旺柴勸夜鷹放棄，反正庭院不是很重要，不會影響他們的生活，但夜鷹卻認為，如果他們可以種一些可食用的蔬果或藥草，對生活才會有幫助。

於是，夜鷹想到了能用旺柴的超能力。

把超能力打進地底下，取代翻土的功能，說不定那特殊的能量還能增加土裡的養分，幫助植物生長。

旺柴覺得這也臆測過頭了，如果是用超能力搬搬東西，他還做得到，只是很難控制。但這是要把一整片庭院都用超能力炸過，能量還不能強到破壞掉旁邊的建築物，不然他們就沒地方住了。

他覺得自己不行……到時候一定會有什麼東西壞掉！

夜鷹卻對旺柴很有信心，「如果成功的話，我們就在庭院裡種月季花、種薰衣草，還是你有什麼想吃的水果呢？我們一定可以把這個家變得很漂亮。」

他想要看到夜鷹開心的模樣……

因為夜鷹說，想要安全地走在路上，他才努力把怪物消光光；現在夜鷹說，想要把這個家變得漂亮、舒適，那他也一定能幫夜鷹實現目標！

旺柴雙手壓地，把能量打入土裡，在心裡想著壓低能量。只見土壤冒出綠光，硬土表層突然碎裂、彈起來，彈了幾公分就又落下，像是幫地面來了一場心臟按摩。

旺柴不知道自己的超能力有沒有效，但之後，這一帶罕見地下了一場雨。雨過天晴，從野外找來的植株也順利種下後，庭院慢慢活了起來。
夜鷹把薰衣草種在庭院裡，用採收下來的花泡茶。
喝過夜鷹泡的薰衣草茶，旺柴總是能睡得很好。
回憶結束，旺柴把杯子遞回給夜鷹，示意夜鷹也喝一點，不要每次都把好東西留給他。
夜鷹也沒拒絕，他喝了一口，抬頭望向夜空，「你在美麗新世界也看得到星星嗎？」
「星星？」
旺柴不懂夜鷹為什麼這麼問。
放眼望去，滿天星斗，一個人都沒有的城市裡自然也沒有光害。
「我以前是在都市長大的小孩，我們家三代都住在都市裡。」夜鷹回憶起過去，臉上依舊帶著淡淡微笑，眼裡卻有些惋惜，「小學課本裡有介紹星空、宇宙，我都覺得那上面的圖片是假的，因為我從來沒有看過一整片的天空都是星星，頂多就是一兩顆。」
「那……你也沒看過銀河？」
夜鷹搖頭。
旺柴晃了晃小腿，也望向夜空，「太可惜了，銀河市有專門的星空祭典，不只可以看到滿天星星，還有一整片的銀河。星星的顏色好漂亮，我都不知道怎麼形容……」旺柴轉頭看向夜鷹，「現在不是有了嗎？」

「嗯？」

「銀河啊，現在不就在天上了嗎？」

橫跨在空中的淺粉色光帶，把原本應該漆黑的夜空照得像紫色。夜鷹想起自己小時候雖然覺得課本上的圖片是假的，但考試該怎麼寫，他還是寫得出來。

「有一次，我考到全校第一名，我爸爸就在暑假的時候帶我們全家出去玩。我們遠離都市，去海邊的一個度假村，我才在那裡看到星空。」

他永遠忘不了那景象……

「滿天的星星，一顆一顆的，而且還有不同顏色。我心裡非常訝異，我才知道，原來不是天空改變了，是我改變了，是我站在不同地方，但天空的本質並沒有改變。」

星星一直都在天上，只是人們看不到而已。

「所以我在想，你在美麗新世界看到的星星，跟這裡是一樣的嗎？」夜鷹不禁想問，「如果是一樣的，那表示天空一直都沒有變，只是我們兩個站在不同的地方。」

「嗯，是一樣的。」

旺柴輕聲回答，但其實他從沒仔細地看過星星，因為那東西一直都在，就像銀河市一直都有祭典。太習慣了，反而不會注意到。

「旺柴，如果以後你遇到其他超能力者，希望你還能把我當成伙伴。」夜鷹突然道。

旺柴推了一下夜鷹的手臂，「你幹嘛？」

「我很喜歡現在的生活，但是我們不可能一直待在這裡。你以後會遇到很多人，是真實的人類，甚至是跟你一樣會使用超能力的人類……」

「你怕我會丟下你嗎？」旺柴把兩人之間的隔閡挑明。

他不喜歡跟夜鷹玩文字遊戲，玩得躲躲藏藏的，心裡有話卻不明說，他也不喜歡夜鷹這樣對他。

「因為我是超能力者，你是普通人類，所以你覺得我們有一天會分開嗎？」

這些日子以來，旺柴一邊學習現實世界的常識，夜鷹也幫他惡補了幾個陣營的關係，尤其是ＨＵＣ和北邊超能力者的對立。旺柴知道，夜鷹就是從ＨＵＣ來的……

「我希望不要。」

夜鷹恢復平常的微笑，但他終究沒有正面回答，讓旺柴有些失望。

旺柴蹙眉，表情十分認真，「你聽好了，夜鷹！我們是已經加了好友的關係，我們是隊友！隊友就是不可以拋棄任何一方！你沒血的時候我替你補血，你打不贏的怪我替你上，找到的財寶我們一起分享，有星星的時候我們也一起看，不是嗎？」

旺柴瞪著夜鷹，但那不是生氣的瞪，而是覺得夜鷹太小看他了。

夜鷹太小看他的誠意了。

夜鷹反倒有些怔住了，「嗯……」

「我不覺得超能力者就要聚在一起，就像你覺得你一個人也可以生存一樣，我從來都不覺得要找到什麼同類，我有你就好了。」

旺柴把夜鷹手上的熱奶茶搶過來，一口氣喝光，把空杯子又塞回夜鷹手裡。

「夜鷹，我跟你一樣，我也覺得現在的生活很好……沒有你的話，我連這杯茶都喝不到。」

「哈哈。」夜鷹淺笑，「那我還真得抓住你的胃才行。」

旺柴忽然覺得臉頰有點燙燙的，為什麼呢……

「你的體表溫度升高了。」

「哇啊啊！綠水，你不要突然出現！」

「哼，我的職責就是監控你的身體數值，從你的腋溫到肛溫都不放過。」

「你這樣很可怕……」旺柴被嚇得一顆小心臟怦怦跳。

「綠水大概是來提醒你該睡了。」夜鷹打著圓場，「綠水明天會把警局的監視器畫面修好，我們明天還有得忙呢。」

「嗯嗯。」旺柴點點頭，覺得夜鷹說得有道理，「那我去刷牙了，夜鷹晚安。」

「晚安。」

看著旺柴跑回房間，夜鷹還留在露台上。

「你也該睡了。」綠水在夜鷹身邊飄來飄去，「你的身體數值怪怪的，你知道嗎？」

「你不能監控我的身體，我們之前不是說好了嗎？」

旺柴不在，夜鷹面對綠水的語氣便有些冷硬。

「我把你登記為『家人』，讓你能自由出入別墅，你在我的地盤內就會受到我的監控，這不是早就說好了嗎？」綠水毫不客氣地反駁，「夜鷹，你也有感覺到吧？你的身體不是你的身體……」

「我什麼感覺都沒有。」夜鷹聳肩，一派輕鬆，「白天出去一整天，晚上會累是很正常的，人類又不是機器，體力本來就會下降，睡個覺就好了。我也要去休息了。」

夜鷹離開露台，走進室內。留下綠水叫出一個漂浮螢幕，畫面裡有夜鷹的剪影和身體數值，他看著某幾項指標都高到不可思議，臉色越發陰沈。

※

翌日，旺柴和夜鷹在客廳集合，綠水開啟修復好的檔案，放到大螢幕。

從畫面中可以看到博士本來被關在牢房內，躺著休息，忽然來了一群人，博士也起身。

那群人身穿軍服，個個荷槍實彈，領頭者把一個平板遞給博士。平板裡不知道有什麼資料，但博士看完後臉色大變，立刻從牢房出來，跟著軍人離開。

夜鷹把畫面暫停，他看著軍人的動作和博士的表情，立刻判斷出：「巴克萊雅博士認識這些人，他們是來護送他離開的。」

「護送？」旺柴覺得夜鷹用了一個好奇怪的詞彙，「不都是一樣把人帶走嗎？」

「他們解開了博士的手銬，走路的時候把博士護在中間，我猜，當時一定發生了某件大事，一定要博士去處理，或是博士動用了軍方的關係，他的人脈遠遠凌駕在警察系統之上。」

監視器一路從牢房播放到警局門口，博士在門口搭上了軍用的裝甲車，夜鷹又在此把畫面暫停。

「那不是壓送囚犯的車子，而且……我好像在哪裡看過……那種車型……」

旺柴眨眨眼，頭一歪，不理解夜鷹震驚的點在哪裡，因為在他看來都是一群人帶走了博士。

博士頭髮灰白，臉形消瘦，他在離開警局的時候把染血的白袍換掉了，穿上軍方帶來的防彈衣和頭盔，一副要去打仗似的。

旺柴對博士沒什麼印象了，畢竟都過了這麼多年。他也不願回想起那個會在夢中把他嚇醒的怪老頭，但他一看到博士，就確定了這是自己的父親，他也不知道為什麼。

夢和回憶都可以被扭曲，因為那些不像照片或影像有一個不會變動的依據，夢和回憶都可以隨著當下的情緒不同，被塑造得很美好或很可怕。

旺柴對父親的印象，還停留在夢或回憶裡。

如今，他看到監視器裡的博士，發現自己竟不覺得博士是一個可怕的怪老頭，反而覺得是一個憔悴的中年男人，好像被操勞多年，未有一天好好休息過，這讓他心情上有些不舒坦。

「他們把我爸爸帶去哪裡了？」旺柴問。

「我分析了周邊街道的監視器，這是接下來的畫面。」綠水放出其他螢幕。

監視器從不同角度拍到護送博士的裝甲車隊。在離開警局後，開上一條很寬的馬路，馬路再往前開有高架橋。但突然間，一隻全身長滿硬甲的怪物從路邊竄出，咆哮著把裝甲車撞翻。

怪物的四隻腳像大象，頭上長著兩條象牙般的鐮刀，身體兩側又有兩條，裝甲車隊被打得七零八落，附近有一些要逃難的民眾、汽車也都被踩扁。

畫面中斷。

「影像紀錄到此為止。」綠水說。

旺柴動動手指，把畫面退到怪物衝出來的那一刻。他看著張開象牙鐮刀的巨獸，心中一片惶然，「這隻怪……這條路……」

他還記得自己施放超能力，把怪物切割成微米大小時，身上都沒有被象牙碰到半毫，那是一場非常簡單的戰鬥。

附近還有一些小怪，外型像全身白毛的猴子，牠們也有鐮刀般的尖牙。牠們的行動很快，從高架橋底下成群竄出，但旺柴施放範圍技，紫色的火焰像在噴殺蟲劑，一下子就把白毛猴驅散了。

如此放了幾次之後，白毛猴的數量減少，剩餘的也不敢來了。

「我們經過了好多次……那條路我們走過好幾次……」

「……」夜鷹默然不語，他也認出了那條大馬路。

那是遠山市的聯外道路，總共有八線道。從那條路可以上高速公路，前往其他縣市，也能直通最近的一座軍事設施——遠山空軍基地。如果巴克萊雅博士在遠山空軍基地工作，那他的身分會被保密也說得通了。

旺柴經常去那條大馬路放技能，因為寬敞，是練習的好地方。夜鷹比旺柴更早回到遠山市，他也走過那條大馬路，看過路上有裝甲車的殘骸，但這座城市裡有一大堆廢棄車輛，被打爛的裝甲車也不是只有那幾輛，看多了，反倒覺得沒什麼稀奇，以致於他們都沒想到那會是博士乘坐過的裝甲車……

「旺柴！」綠水大叫。

旺柴跑出客廳，跑出別墅，夜鷹也立刻追了上去。

旺柴一邊跑，腦袋裡一邊浮現以前的記憶。

他還記得那個怪老頭總是對他大吼大叫——萬尼夏，專心！控制你的力量……別人都可以做到，為什麼你做不到？萬尼夏！專心！

「啊啊……」

每當想起那個老頭，旺柴的頭就很痛。

他越跑越快，都不知道自己的身邊出現了微量的閃電。

閃電讓周圍的能量出現異變。能量就是旺柴目前最不缺的東西，他不覺得累、不覺得渴，他覺得自己像回到了美麗新世界，正喝下加強敏捷的藥水，才能健步如飛。

夜鷹在後面追著，不得已還得停下來喘氣。

——萬尼夏，專心！

——控制你的力量，為什麼你都做不到？

——別人都可以做得比你好！

「啊啊啊啊！」

旺柴跑到八線道馬路上，看到一輛翻倒的裝甲車，也不管它停在那邊多久了，上面早就覆蓋著青苔。他抓著生鏽的車殼，像剝香蕉皮一樣剝下來往後丟。

「夜鷹，小心！」綠水大叫。

夜鷹即時閃過被丟過來的車殼。

旺柴沒有在車裡看到人，連具白骨都沒有，他又尋找下一個目標。

他徒手就把車殼撕開，最後，他居然舉起了一輛車，發瘋似的往前丟。

早就被撞凹的裝甲車像小孩子的玩具，掉落的時候滾了幾圈，揚起塵土和金屬被壓扁的刺耳噪音。夜鷹怔怔地看著，手上抓緊了槍的背帶。

夜鷹內心的震撼不亞於旺柴，但這跟博士無關，而是旺柴的超能力……

「你在哪裡？你在哪裡！」旺柴大叫。

「旺柴！你冷靜一點！旺柴！」

綠水飄到旺柴面前，試圖安撫，但都沒用。

旺柴揮開綠水，他的衝擊波讓綠水的投影出現雜訊，「他在哪裡？你告訴我他在哪裡！」

「旺柴，我沒有在這附近偵測到生命跡象──」

「你在哪裡？你們在哪裡……」旺柴紅著眼眶，望著變成一團亂的馬路也心如亂麻，「如果我找不到你們……我要怎麼跟你們道歉呢？」

他不爭氣地抽泣著，雙手沾滿了血腥，洗不乾淨。

「爸爸……我的爸爸們在哪裡……」

「旺柴……」

綠水伸出雙手，想放在旺柴的肩膀上，但旺柴跪了下去。

旺柴低下頭。他的心裡好難過、好難過，但就在眼淚快要滴下來的時候，他看到從馬路裂縫冒出來的綠色新芽，他忽然可以理解為什麼夜鷹說看到小鹿的時候，會露出幸福的表情了。

因為這毀過一次的世界，正在活過來。

他深吸一口氣，吞下喉間酸楚，仰頭看到藍天白雲。

這依舊是一座靜謐美麗的城市，雖然是廢墟，但廢墟也有廢墟的美，這裡就像「美麗新世界」……他們看著的天空，沒有改變。

「旺柴。」

一道低沈的嗓音出現在旺柴身後。

「這幾輛車都是從遠山空軍基地出來的，遠山空軍基地是ＨＵＣ的發源地。以前的軍方高層創建了現在的ＨＵＣ，因為有軍隊的武力和資源，他們才有辦法救助老百姓，同時建立起秩序。」

夜鷹走到旺柴面前，對旺柴伸出手。

旺柴不知道自己有沒有資格握住那隻手……

因為他不知道夜鷹會怎麼看他，會把他當成怪物嗎？

夜鷹卻先一步抓住旺柴的臂膀，把人拉了起來，「以前的空軍基地、現在的ＨＵＣ也許會有博士的資料，我們可以去那邊找。」

「可是……你不是才從ＨＵＣ逃出來嗎？」

「正因為我是從ＨＵＣ逃出來的，才知道要怎麼回去。」夜鷹雙手堅定地按著旺柴的肩膀，「不要放棄，我們已經把任務解到一半了，有了線索，現在我們要去下一關！」

「可是……可是……」

「你不用擔心我，這是我自己提出來的，我一定有把握。」

夜鷹粗糙的手指抹去旺柴臉上的淚痕，並對旺柴露出微笑。

「……」旺柴抿了抿唇，現在才覺得尷尬。

「我一直在想，我把你從美麗新世界喚醒，是不是做錯了。」夜鷹別過頭，有意迴避旺柴的目光，「我辜負了你的兩個爸爸，對你的愛。」

「……」

「我自以為是地認為你可以修復這個世界，但你沒有義務要承擔它。我破壞了你的『新世界』，你爸爸如果要生氣，應該也是氣我吧？我把他的計畫都打亂了……」

「你看到過去的影像後，想到的就是這個嗎？」

「……」夜鷹點點頭。

旺柴放下了心中的大石頭，「太好了……你沒有把我當成怪物……」

「我永遠不會那麼想。」

旺柴猛地抱住夜鷹，「沒有你來叫我，我總有一天也會醒過來的……」他小聲呢喃。

夜鷹對這個擁抱先是怔了一下，但臉上露出欣慰的表情，拍拍旺柴的背。

綠水也飄過來，把頭靠在旺柴的肩膀上。

「好～我們要前往下一個關卡！」旺柴恢復了精神，雙手握拳，跳上一輛車的車頂，「HUC，我們來了！不管你們是不是討厭超能力者，還是亂判人家死刑，我們都要炸開你家大門！」

「呃……」夜鷹不是故意要潑旺柴冷水，「我覺得我們還是用潛入的方式比較好……」

「不能用炸的嗎？」

旺柴像柴犬一樣裝可愛眨眼，夜鷹被逗笑了。

# 第二章

# 以為是野外求生，原來是觀光團！

有了博士的線索後，下一個就是張綠水。旺柴希望找到能張綠水的遺體，或是知道他葬在什麼地方，但夜鷹把博士被警察帶走的畫面看了好多次，卻依舊沒有頭緒。

夜鷹不解的是，為什麼監視器畫面停在博士被帶走的時候？當時世界還沒毀滅，別墅裡的供電應該不受影響。

「我不知道。」綠水如此回答。

夜鷹用質疑的眼神看綠水。綠水哼了一聲，雙手交叉抱胸，「幹嘛？沒看過美人嗎？」

「你是超級厲害的超級ＡＩ，你不可能沒有紀錄。」

「先把人高高捧起再往下打，這招厲害。」

「博士把你的監視功能關掉了？」

「很可惜，我的功能比你想像得還受限。」

「哦？」聽到綠水這麼說，夜鷹在疑惑之餘，起了好奇心。

「巴克萊雅博士在啟動『美麗新世界』的時候，我的權限就被轉移到旺柴身上了，從那時候開始，旺柴就是我的主人。」

「我比較像被你牽著的狗……」旺柴在一旁小聲吐槽。

「我不能控制房子裡的監視器，直到旺柴離開美麗新世界。我判斷博士和張綠水已經不在了，旺柴就是房子的主人，而我也變成了旺柴的智能管家。」

「你除了管我睡覺，到底還管了什麼？」旺柴越吐越大聲。

綠水完全忽視旺柴，繼續對夜鷹道：「如果你想問的是我有沒有刻意隱瞞，那讓我告訴你，我沒有。」

夜鷹可以感覺到，綠水這話說得很重。旺柴像阿格沙一樣有啟動過去影像的能力，旺柴自己也抓不准發動的時機，因此夜鷹就沒多問。

夜鷹想了一下，道：「按照正常程序，張綠水的遺體應該會先被送到地檢署，等待法醫相驗……」

「旺柴！」綠水大叫。

旺柴又跑走了。

夜鷹追出去，看到旺柴在庭院停下腳步。

「我不知道你說的那個……」

「地檢署。」

「地檢署該怎麼走。」

旺柴強忍著失落，因為他心裡知道，都已經過去八年了，連活人都找不到，死人的下落只有更渺茫。

「我帶你去。」夜鷹道。

地檢署跟這座城市裡其他的辦公大樓一樣，如今已是一片廢墟，兩人找了一整天，一無所獲，就算有發現白骨也不知道那是誰。

入夜，旺柴回到別墅，在庭院裡幫張綠水立了一個衣冠塚。

旺柴在墓碑附近灑下月季花的種子，把張綠水用到一半的化妝水、寫到一半的手稿都埋進去。最後，他把張綠水在月季花牆下的照片擺放在墓碑前。

照片裡的張綠水蹲在小時候的他身旁，笑得很開心。

夜鷹以為旺柴會很難過，可能又要哭了，但旺柴神色堅毅地轉頭，對夜鷹道：

「我們明天出發！」

「嗯，行李我都準備好了，路線也規劃好了。」

「那就早點睡吧。」旺柴說完，轉身走回屋子裡。

夜鷹把手上的白色蠟燭一併擺在墓碑前。他看著那微弱的火光險些受到風吹而熄滅，對即將到來的旅程有一股不安的預感。

他很喜歡現在的生活，但理智告訴他，要這樣下去是不可能的。

他可以躲在一個小角落，因為他這個人無關緊要，但旺柴屬於這個世界，他可以改變這個世界。

這麼重要的人，是不可能做一個隱士的。

※

翌日，兩人踏上旅程，離開遠山市。

他們按照平常的步伐，沒有刻意趕路。理由同上，因為都已經過了八年。

夜鷹認為博士很有可能還活著，因為博士是一個會未雨綢繆的人，他還有軍方的人脈，可以保護自己的安全。

雖然這麼說對旺柴很失禮，但博士設計了「美麗新世界 Online」，這不可能在一天之內準備好，表示博士早就對旺柴總有一天會失控有所準備了。那突然來個世界毀滅，博士應該也有對策吧？

旺柴則認為「夜鷹都那麼認為了」，所以他也不急。

兩人邊走邊打怪，有旺柴沿路放技能就像噴殺蟲劑一樣，所到之處，所向披靡。

太陽西下，他們在野外紮營。

這些日子以來，他們一起看了無數次的日落，走過廢棄的城鎮和荒野，一路上完全沒碰到半個人，因為夜鷹有意避開人群，所以他能挑出一般人不會走的路。

「今天，絕對要……」

吃過晚餐後，旺柴看著正在擦槍的夜鷹，暗自下定決心。

綠水也瞇起眼睛。

明明是坐在溫暖的火堆旁，但夜鷹感受到略帶有威脅的視線，不禁抬起頭來。

旺柴突然朝夜鷹撲過去！

旺柴雙手按著夜鷹的肩膀，把人壓在地上，他的手只要往下移一點，就可以感受到男人堅硬的胸肌。

夜鷹一手握著槍，一隻腳的膝蓋稍微弓起，他的身體已經準備好要反撲了。

如果旺柴是敵人，他有很多種方法能反制對方，把對方打昏或是殺了他。但旺柴不是敵人，只是一個不知道自己現在的姿勢有多曖昧的孩子……

於是，夜鷹的腳躺平了，他的手雖然還放在槍身上，但手指已經稍微鬆開。

「旺柴，你這是在幹什麼？」

「我忍你很久了。」

「……」夜鷹不知道自己做錯了什麼。

他知道旺柴很沒現實世界的常識，但隊友不是拿來亂撲的！

「你一定要睡覺！」

「啊？」夜鷹還是搞不清楚旺柴在說什麼。

「我們在外面走了這麼多天，每一天你都說你要守夜，叫我先睡，明明說好要輪班，但你從來沒有叫我起來過。我一起來，太陽都已經出來了，然後就吃早餐上路……」旺柴心裡五味雜陳，越來越說不下去。

「所以……你是對早餐有什麼意見嗎？」

「不是！」旺柴差一點對空打出衝擊波。

他揪著夜鷹的衣領，和夜鷹面對面，「我從來沒有守過一天夜，不就代表你晚上都沒睡嗎？我們白天又要趕路，這樣你什麼時候休息？」

「你不用在意……」

「我怎麼可能不在意？」萬一夜鷹倒下怎麼辦？旺柴想都不敢想，「總之，今天我來守夜，你一定要乖乖睡覺！」

旺柴放開夜鷹站起來。他本來要走回自己之前的座位，但他一轉頭就看到夜鷹故態復萌，還是抱著他那把長長的槍，坐在火堆前。

旺柴回到夜鷹身邊，拿走夜鷹的槍，「我就在這裡盯著你睡！」

「把槍還我。」

夜鷹的態度跟平常一樣溫和，但語氣裡隱隱藏著一種不容質疑的強硬，旺柴馬上就乖乖聽話。

夜鷹把槍平放在地上，耐心地道：「旺柴，我受過訓練，我會自己找時間休息。我不是一整天都不睡，一次睡十五分鐘、二十分鐘，我也能補充體力。」

「……」旺柴嘟起小嘴，不怎麼相信。

夜鷹卻笑了一下，「好吧，既然你那麼堅持，我就恭敬不如從命了。」

夜鷹打了個哈欠，也不繼續爭辯，很乾脆地躺下了。因為他知道，時間寶貴，在外行軍本來就要把握機會休息，長年下來的訓練與實戰經驗也能讓他保持警覺，所以旺柴要讓他先睡，也沒什麼好推託的。

旺柴的目的達到了，但夜鷹的乾脆卻讓他心裡有些不乾不脆，他沒想到要說服夜鷹居然這麼簡單。

他躡手躡腳地回到自己的座位，往火堆裡丟雜草，綠水飄到他身邊，和他一起坐下。

十分鐘……

十五分鐘……

守夜比旺柴想像的無聊，但他不敢發出半點聲音，怕吵醒夜鷹。

「他真的睡了？」旺柴用嘴形說話。

綠水把自己的回覆打在一個浮動的透明螢幕上：「對，我可以偵測到他的呼吸很穩定。」

根據夜鷹的說法，野外其實比城鎮安全，因為人類的城鎮不管規模大小都會有「房子」，那些由鋼筋水泥造出來的空間很容易有怪物躲藏。

夜鷹不清楚到底是地形吸引了特定種類的怪物，還是怪物會把環境改造成牠們想要的樣子，但棲息在大樓裡的怪物大多行動敏捷，就像躲在廚房角落的蟑螂。平時不容易被發現，但只要一出現就能讓人尖叫連連。

因為夜鷹說了野外比較安全，這幾天他們也確實沒在晚上遇到怪，旺柴守著守著，很快就被睡意襲擊，慢慢放鬆警惕。

「旺柴，快起來！我偵測到有生命體靠近！」綠水大聲道。

「啊？什麼啦……」

旺柴雙手抱著自己的小腿，頭枕在膝蓋上。被綠水吵醒的他睡眼惺忪，睡意未退，夜鷹卻立刻抄起狙擊步槍，進入戒備狀態。

旺柴揉揉眼睛，左右看來看去，「沒東西啊……」

營火變弱了，夜鷹丟了一些木柴進去，讓火光變亮，視線範圍變廣。

在野外紮營的壞處就是當黑夜來臨，四周沒有路燈，屆時將是伸手不見五指。

夜鷹端著槍，也沒看到周圍有什麼動靜，但他仔細聆聽……

「夜——！」旺柴才剛發出聲音，就被夜鷹摀住嘴巴。

一隻大灰狼慢慢走過來，嘴邊的毛都沾滿了血。

旺柴舉起右手想施放超能力，但他的手馬上被夜鷹握住。夜鷹也不開槍，只對旺柴比了個噤聲的手勢。

大灰狼走到營火前，嗅了嗅此地的空氣，牠明明有看到旺柴等人，卻一副不把人類放在眼裡的樣子。

遠處傳來一陣狼嚎，大灰狼跑走了，夜鷹也放開旺柴的手。

旺柴鬆了一口氣，卻滿腹疑惑，「你為什麼要阻止我？」

「那隻狼很明顯在狩獵，牠可能已經吃飽了，我們就不會是牠的獵物。狼在狩獵的時候都是成群行動，牠的同伴在附近的可能性很大，如果牠們聽到槍傷或爆炸聲，整群衝過來就不妙了。」

「我一樣可以把牠們轟飛！」

旺柴每天都在放技能打怪，他覺得自己越來越熟練了。

「牠們不是變異的怪物。」夜鷹往火堆裡添加木柴，「在野外，本來就會有『野生動物』，牠們不會把裝甲車撞翻，也不會躲在暗處把人一口吞下肚。」

「所以牠們就不用被消滅嗎？你不是想要安全地走在路上嗎？」

「呃……」夜鷹不知道該怎麼回答。

在以前的世界，因為人類的勢力太發達了，可以一直與自然爭地，野生動物看到人類都會躲起來。如今秩序顛倒過來，人類如果沒有武器或躲在防禦設施裡，就沒有與野生動物匹敵的能力。

「我不知道該怎麼說。」夜鷹很誠實地道：「旺柴，我不是科學家或老師，沒辦法拿數據或理論來說服你，我也不會講什麼大道理，我只是覺得……這樣好像不對。」

「哪裡不對？」

夜鷹聳了聳肩，「我就是不想殺牠。」

旺柴還是搞不懂，他嘆了一口氣，坐下來抱著膝蓋，好像在生悶氣。

「你睡一下吧。」夜鷹勸道。

旺柴猛搖頭，他今晚不想聽夜鷹的話，他就是想叛逆。

夜鷹露出無奈的微笑，不打算多說什麼，但突然，他臉色大變。

「悠哈哈哈哈——！」

一個黑影衝出，伴隨著一聲怪異吼叫。夜鷹的槍口轉過來，就在他要扣下扳機的瞬間，旺柴衝過來拉住他的手臂。

「夜鷹，他是人類！」

「什麼……？」

夜鷹定睛一看，那團黑影其實是一個披著狼皮的少年。

「人類，男性，預估年齡在十四到十六歲中間，身高一百五十六公分，真矮。」綠水唸出掃描的數據，還附帶了自己的評論。

少年頂著一顆狼頭，那毛皮彷彿成了天然的皮草大衣，包住少年矮小的身軀。少年脖子上戴著獸骨串成的項鍊，臉上塗著紅色的油彩。

旺柴從沒在這個世界見過與自己年齡相仿的人……而且還比他矮，嘻嘻！

夜鷹單手拿槍，槍口稍微降下，但還是維持著隨時都能開槍的姿勢。他用另一條空出來的手臂擋住旺柴，不讓旺柴靠近狼少年。

「你是生還者嗎？」夜鷹用戒備的口氣問，「這附近沒有生還者建立的組織，但我知道前往ＨＵＣ的路，我可以把方向指給你。」

狼少年沒說話，夜鷹甚至不確定對方會不會說話。

「夜鷹，你會嚇到人家……」

旺柴看著夜鷹那張臉，雖然很帥，但表情一副殺無赦的模樣，真是人不如狼。

「嗨～我叫旺柴，你一個人旅行嗎？」旺柴笑著跟對方打招呼，但他才剛走出去一步，就被夜鷹拉回來。

夜鷹像護著雛鳥，不讓旺柴走出自己背後，「這附近沒有生還者的組織，你看起來也不像過得不好——你有同夥在這附近嗎？」

「夜鷹，你不要那麼凶嘛！」

「……」夜鷹只是覺得眼下的情況有一點不對勁，但目前還無法找到證據佐證自己的猜測，「旺柴，你不要靠近，到我背後躲好。」

「他看起來不像壞人——」

「悠嗚喔喔喔！」

旺柴話說到一半，狼少年就模仿野獸舉起前爪，口中發出怪叫。

夜鷹立刻舉槍戒備，隨時都能扣扳機，但狼少年非但不怕夜鷹，還步步朝他逼近。

狼少年的雙腳一下左、一下右，雙手在空中亂揮，好像在打太極拳。

旺柴不知道自己要站哪一邊了……

「夜……唔！」

忽然，夜鷹察覺到異狀轉頭，看到旺柴像被無數隻黑色的手抓住，其中有一隻手摀住旺柴的嘴巴，讓旺柴無法發出聲音，他站在原地掙扎無果，黑手慢慢化為黑雲，把旺柴團團罩住。

「旺柴！」

夜鷹不敢開槍，就怕子彈一穿過黑雲會打到旺柴。

他甫一轉頭，發現狼少年不見了。

「我偵測到附近有生命體！我們被包圍了！」綠水急得團團轉。

「綠水，用熱成像偵測，指出敵人方向！」

「可是，他們都是……」

就在綠水遲疑的那一刻，黑雲把旺柴拖走，夜鷹剛要追上去，黑雲就變成手遮住他的眼睛。

「我……我看不到了……」夜鷹手上握著槍，但他卻感覺到無邊的恐懼。

他的心跳加速，彷彿感受到全身的血液都在沸騰。他的呼吸變得急促，想起了自己剛從虛擬世界回到現實的時候，那全身動彈不得的落差感。

眼前突然什麼都看不到了，黑暗瞬間降臨，這是不合理的。所以，唯一合理的推斷就是……他們遇到超能力者了，對方還放技能攻擊他們！

既然知道是攻擊，那就要反擊，但在什麼都看不到的情況下，夜鷹不敢貿然開槍。

「旺柴！旺柴！」

夜鷹聽到綠水的叫聲，但綠水是沒有實體的ＡＩ，沒辦法拿刀拿槍，這裡也不是他能隨意控制的美麗新世界。

「夜鷹！旺柴要被帶走了！夜鷹！」

黑暗慢慢退去，就像遮住眼睛的手被拿開了，夜鷹恢復視力，營火前只剩下他一人。

他握緊了槍，因為他知道自己此刻感受到的，除了恐懼，還有憤怒。在超能力者面前，自己就像手無縛雞之力的弱者，只能任人宰割。

那些超能力者憑心情放技能，想怎樣就怎樣，他們打擾了這個寧靜的夜晚，自己卻只能在原地被嚇得動彈不得……

「夜鷹！」

「夜鷹！」

綠水的聲音將夜鷹喚回神，他發現綠水的影像還在原地。

「夜鷹，旺柴在被抓走之前把我的權限讓出來了。」綠水指著地上一個閃閃發亮的東西，那是旺柴在被拖走之前，朝夜鷹拋出去的手環，「你把它戴上，輸入你的生物特徵，就會成為我暫時的主人。」

夜鷹拿起手環，將它扣在自己的左手。

「我需要你的本名。」綠水變出一個透明螢幕，夜鷹在螢幕裡簽下自己的名字，「契約成立，請多多指教——我是很想這麼說啦，但你的當務之急是找回旺柴！」

「我知道……」夜鷹連語氣都弱掉了。

綠水豎起眉毛，「我可以掃描附近的地形，繪製成地圖，這樣就能查出敵人的巢穴！」

「好，你做吧。」

「要等到天亮。」

「什麼？」夜鷹愣了一下。

「你看不到，我也看不到，這個功能僅限視線良好時。」

「……」那夜鷹還真不知道綠水是來幹嘛的，「你有在旺柴身上裝追蹤器嗎？」

「我不對主人做侵入性行為。」

追蹤器可以戴在身上，像是手環之類的，但在綠水的定義裡，要把追蹤器裝在哪裡，夜鷹不想問，「那我們用我的方法。」

「你有什麼辦法？」綠水飄在夜鷹身旁。

夜鷹揹起行李，準備上路，「他們的營地不會離這裡太遠。」

「你怎麼知道？」綠水眨了眨眼，表示好奇。

「因為他們沒有殺了我或旺柴。」

「？？？」綠水滿臉疑惑。

夜鷹沒想到自己還有這種能耐，能讓一個ＡＩ感到疑惑。

「他們選擇綁架旺柴，就一定要有一個地方能把旺柴放下來，不然他們要帶著旺柴旅行嗎？」

「你的推論沒有根據。」

「沒錯，那只是我的個人經驗。我解救過綁架小孩和年輕女性的組織，綁來的人總要有地方存放，不然只要殺人越貨就好了。」

「……」綠水皺緊了眉頭。

「但，這應該不是那種類型的案子，你不用擔心。」

「我才沒有擔心，我相信旺柴的實力，再說，他身上又沒肉，煮了也不好吃。」

「我覺得比較奇怪的是，他們綁架旺柴的目的是什麼？」夜鷹蹲下來，研究旺柴方才站過的泥土地，有一條拖行的痕跡，「綠水，你剛才會遲疑，是發現他們都是孩子吧？」

「正確來說是青少年，體型介於是十五歲到十七歲之間。」

「Lost Child——失落之子——我們這麼稱呼那些有超能力的孩子。他們沒有受過正規的教育，所以他們就像是……迷失在這個世界裡，沒有人為他們指出方向。」

「他們倒是知道要綁架旺柴。」

「旺柴會阻止我開槍，是因為他們是人類，但即使是自己的同類，我也可以毫不猶豫地殺掉。」

夜鷹的口氣十分平緩，他沒有告訴旺柴自己離開ＨＵＣ的真正理由，旺柴知道的僅止於他被判死刑，不得不逃。

「你確定你要跟隨我這樣的主人？」夜鷹對飄著的綠水一笑，他已經打起了精神。

綠水雙手交叉抱胸，即使是飄著，也用坐姿把長腿翹得很高，「你把我丟下，讓我找不到旺柴，我才會恨你。」

「所以我只是你找回旺柴的工具人？」
「知道就好。」

※

「他的頭髮好漂亮，閃閃發亮耶……」
「他的皮膚好白好嫩！」
「他這身衣服超酷的！」
「他眼皮在動……」
「醒了醒了！」
周圍都是人的聲音，旺柴不醒都不行。他猶疑地張開眼睛，發現自己被一群小孩子包圍。他躺在一張破舊的床上，室內有簡陋的書桌和衣櫃，圍在床邊的孩子們有著稚嫩的臉龐，每個都好奇地盯著他。
「你醒啦？」
突然有道陌生的聲音，旺柴轉頭一看，一個穿著運動外套的少年走進來。
「你在這裡很安全。」

少年跟旺柴年紀相仿，也是十五歲、十六歲左右，但他的態度比旺柴成熟許多。圍在床邊的孩子們看到他，紛紛把位置讓出來。

這些孩子臉上都帶著崇敬的表情，旺柴心想，這個人可能是老大。

「這棟建築物蓋在山上，外面有大米和狼群守衛，那個軍人不會找過來的。」

「大米……狼群？」旺柴聽到遠方隱隱傳來狼嚎聲。

他很快就想起自己在營地遇見一隻狼，夜鷹還放走了牠……

「狼群是你們控制的？」旺柴用試探性的口氣問。

「不是我們，是大米，他天生就有跟狼溝通的能力，可以讓自己的意識潛入狼的身體裡。你遇到他的話不要被他嚇到，他不太會說我們的語言。」

旺柴想起那個闖入營地的狼少年，夜鷹對他舉起槍口……

所以，是狼少年控制狼群，吸引了他們的注意力，這些人再趁機綁架自己……？

「你是不是很害怕？別擔心，你不會再遇到那個軍人了。」老大坐在床邊，安慰地拍了拍旺柴的手臂，「我們觀察你很久了，他是從哪裡開始綁架你的？」

「啊？」旺柴微愣，現在到底是誰綁架誰？

「那個軍人啊，他是ＨＵＣ的軍人對吧？」

「你怎麼知道……」

夜鷹沒有穿軍服，他平常都穿牛仔褲和簡單的針織上衣，看起來就像鄰居家的大哥哥，旺柴不懂這個人怎麼會知道夜鷹的身分。

「因為他的姿勢啊！姿勢！HUC的軍人會有一種很特別的站姿。」

到底是多特別？旺柴渾然不覺。

「只有HUC的軍人才會連吃飯跟上廁所都揹著槍，那好像是他們的特殊信條，真是太變態了。」

「他只是比較謹慎！」旺柴忍不住回嘴。

老大瞥了旺柴一眼，眼裡卻有些同情，「你到現在還為他講話？」

「他是我的隊友！」

「你們走的路是前往HUC的方向，你知道HUC嗎？他們會把超能力者聚集起來燒毀！」老大的兩隻手做出爪子的動作，孩子們險些都被嚇哭了，「好了好了，大家都回去睡！真的是……半夜起來看什麼熱鬧……」

老大把孩子們都趕走，這時剛好有一位全身黑衣的少女出現在房間門口。

少女留著齊肩短髮，神情冷漠，旺柴隱約看見她的雙臂上有如小蛇般纏繞的黑雲。

「我來跟你介紹，她是我們的戰鬥擔當，會放出黑霧的瑪麗。」老大伸出一隻手，比向少女。

少女走過來，眼神不屑，「我叫你不要撿廢物回來，現在又多一張嘴要餵了。」

「瑪麗平常都是這樣，刀子嘴豆腐心，其實她也很擔心你，你們再走半天路程，就會到ＨＵＣ了。」

「我們快到ＨＵＣ了嗎？」旺柴完全搞不懂這兩人在說什麼，快到了不是好事嗎？

「你到ＨＵＣ大門的那一刻起，就會有士兵過來抓你。我聽說他們會把超能力者集中關起來，等聚集到一定數量再一起燒死，他們有全程直播的空拍機和大螢幕，所有的老百姓都為此瘋狂。」老大道。

「這……」這種事，旺柴從沒聽夜鷹說過。

「那個軍人看起來對你很好，煮東西都會先給你吃，晚上都為你守夜，但這些都是要博取你的信任。」瑪麗雙手交叉抱胸，冷冷地道，「讓你乖乖跟在他屁股後面走，笑死，像隻舔狗。」

「……」

旺柴啞口無言，他覺得自己快要分不清哪一個是現實世界了，這些人為什麼會有這麼多奇怪的設定？他們口中的夜鷹彷彿是另一個人。

「你是比他強的超能力者，你能消滅那些怪物，也能輕易打倒他。」瑪麗對旺柴的實力表示肯定，但眼裡的不屑也換成了鄙視，彷彿在說是旺柴不懂得利用超能力。

「……」

旺柴搞不懂，他為什麼要打倒夜鷹？這些人是在玩什麼劇情？現實 Online 開副本了嗎？夜鷹其實另有目的嗎？

「瑪麗，妳不要再嚇他了，他臉色都白了。」老大好言相勸。

「他的臉本來就很白。」瑪麗留下這句話，輕飄飄地轉身走了。

「你別介意，這裡的人都很有個性，但我們真的不是壞人。」

「……」旺柴腦袋當機中。

「對了，你叫什麼名字？」老大對旺柴伸出右手，想跟旺柴握手，「我叫天晴，我的能力就是讓人快速移動。我看過你放出紫色的火焰，所以，你是類似……烈焰魔法師！對吧？」

老大擺出一個帥氣的笑臉，旺柴卻不知所措。

『在分不清對方是敵是友前，絕對不可以透露自己的真實身分！』旺柴想起夜鷹說過的話，『不要透露自己的本名，不要說出自己的來歷，當然，也不可以說你和博士的關係。』

『為什麼？』當時，旺柴很不滿，因為他覺得夜鷹有時候就是想太多，『知道我跟博士的關係會怎樣嗎？』

夜鷹卻一臉正經，『我們不知道博士和張綠水在這世上有沒有敵人，凡事小心為上。啊，對了，還有，越靠近ＨＵＣ，你最好不要再放技能了。』

『啊～？』當時，旺柴整張臉皺得像梅干，『那我們遇到怪怎麼辦？』

『……』夜鷹難得地沈默了。

夜鷹有太多他不了解的行為，例如守夜，旺柴其實認為那是很不必要的，因為就算半夜有怪過來，他也有自信能把怪轟飛。

『我說過，HUC的立場是反對超能力者的，但我不知道他們會對超能力者做什麼。』夜鷹道。

『什麼做什麼？』旺柴還是聽不懂。

『HUC反對超能力者的理由是因為他們很危險，他們毀了這個世界，而萬尼夏・巴克萊雅是這之中最厲害的魔王。你試著想一下，如果你遇到魔王，你會怎麼做呢？』

『……』換旺柴沈默了。

『不是打，就是逃。』夜鷹說出旺柴心裡的答案，『怪都是被冒險者追著打的，在這個世界，你是魔王，你就是最讓人避之唯恐不及的怪，也是排行榜上的冒險者都想要挑戰的那一隻……』

「哈囉？你叫什麼名字？」老大在旺柴面前揮了揮手，旺柴這才回過神來。

「我叫……」

老大眨眨眼，等著旺柴的答覆。

「我叫……旺……汪汪！」

「……」老大一臉疑惑。

「呃……」旺柴想起夜鷹的理由，「八年前，我失去太多親人，所以……我為自己取了一個代號，想跟過去的世界道別……」

「唉……」老大在嘆氣之餘，無奈點頭，「我們都是。」

「你們都……？」

「我們都在八年前失去了父母。那時我還小，有一個老師一直在照顧我們，但她最近也去世了。我們這裡還有當時是嬰兒的，現在才八歲，完全沒有舊世界的印象。」

老大的口氣讓旺柴聯想到夜鷹，因為夜鷹也是這樣，彷彿一肩扛起了不得不接受的現實。

「我叫旺柴。」旺柴伸出手，和老大握手。

「你好啊，旺柴，歡迎來到我們的基地，你好好休息吧！明天我再介紹大家給你認識。」

「那個……我可以再問一個問題嗎？」旺柴叫住想要離去的老大，「你們接下來有什麼打算？」

「打算？」

「你們是打算住在這裡，還是……」

旺柴看了看四周環境。

他之前沒注意到空間透露給他的訊息——這裡像是一直有人打理——雖然建築物舊舊的，牆壁有壁癌，但床、床單和書桌等都很乾淨。

「我們是住在這裡啊。」老大不懂對方為什麼這樣問，「你急著去哪裡嗎？」

「沒、沒有……」

「你想待多久都可以，我們這裡沒有大組織的嚴格規範，大家互相幫忙就好了。」

「好……還有！如果……我是說如果喔，如果那個軍人來了，你們會怎麼辦？」

「我會掩護孩子們先走。」

「咦？為什麼？」

「因為他會殺了我們所有人。」老大離開，並順手把房門關上。

旺柴坐在床上，往旁邊的小窗戶一望，狼群棲息在庭院裡，狼少年窩在其中一隻狼的身邊，抱著溫暖的獸軀。

他心裡越發詭異……自己這是來到什麼地方了？

狼窟？

# 第三章

## 辣個男人，回來啦啦啦啦～～

要找到線索，對夜鷹來說一點都不困難，天剛亮，他就已經鎖定了某個區域。

綠水跟在夜鷹身後，一人加一ＡＩ走進破碎的建築群。

「你以前是不是來過？」綠水問，因為他看夜鷹對此地一點都不陌生的樣子。

「這裡八年前是一間很有名的大學，是百年學府了，建築物都是古蹟。」夜鷹的神情戒備，眼裡卻有著綠水不仔細掃描，就分辨不出來的情感，「這裡是我以前的第一志願……」

夜鷹彷彿能看見建築物沒有傾圮的樣子，路上沒有倒下來的樹幹，他依稀能想起學校的鐘聲……

每次一下課，就會有抱著書的學生、騎腳踏車的學生像潮水一樣從校園裡湧出來，為了給學生吃穿，附近都有便宜的餐廳、書店，每天人都很多。他還記得自己會在放假的時候來逛書店，想像自己未來的大學生活。

校園裡的植被都有人精心呵護，加上校舍都是古蹟，整個校園都可以當作觀光景點了，經常有新人來拍婚紗。

有人會在涼快的樹下讀書，或者一邊散步一邊討論學術觀點，以前光是走進來，就可以感受到空氣中的人文氣息，那曾經讓夜鷹勉勵自己，自己也想成為他們的一份子，為此，他要努力讀書、通過考試。

如今，地上都是狼腳印，植被倒是長得很茂密，有一些是舊世界沒看過的品種，但那些會撲過來吃人的怪物倒是沒看到。

「我想唸T大法律系，因為我想當律師。」

夜鷹走過行政大樓、商學院大樓、法學院大樓，偶然經過一面金屬牆，他不確定以前是做什麼用的，可能是裝置藝術，但牆面的反射正好讓他看到自己的身影。

一個荷槍實彈的軍人，連站姿都被訓練得很標準。

「我爸爸也是律師，他專門為大企業辯護，綠洲集團就是他的客戶之一。」

世界毀滅那天，爸爸去外地出差了，媽媽下班還沒有回來，他們之後都沒有回來了。

「如果他們是團體行動，又是小孩子，我認為，他們有可能會躲在山上的宿舍。」

夜鷹話鋒一轉，不再緬懷過去，他望向前方，綠水也看了過去。

夜鷹的想法很簡單，是人類都需要找遮風避雨和睡覺的地方。T大依山傍水，旁邊有一條河，教學大樓大多蓋在山下，山上有很大一片土地都是蓋學生宿舍。

「地上的狼腳印也都是往那個方向，我們去那邊找。」

夜鷹在通往宿舍的馬路上看見前方有兩匹狼，他扛著槍，沒有猶豫太久就決定繞道。夜鷹的猜測是對的，他逐漸聽到小孩子的嬉鬧聲，有人吆喝著「吃早餐了」，然後是手搖的鐘聲。

夜鷹悄悄繞到建築物後方，翻牆進入。

他躲在二樓轉角，看到有個少女端著餐點走向某一間房。少女出來的時候，手上沒有拿餐盤，表示她不是回自己房間吃，她是特地端餐點去給在房間裡的人。

少女走後，夜鷹快步趕到房門前，一手拿槍，一手試探性地轉動門把。沒鎖。

他衝進房間，槍口也舉了起來，那副凶神惡煞的模樣讓正在吃早餐的旺柴連湯匙都掉了。

「旺柴！」綠水喜出望外。

他撲向旺柴，但因為他是ＡＩ，沒有實體，所以只是做出撲的樣子，並讓自己停在旺柴面前，「太好了，你沒事，我還以為你被綁架，接下來就是被剝皮賣掉了呢！」

「為什麼你一見面就說這麼可怕的話？」旺柴一點也沒有被安慰到！

「你沒事，真是太好了。」夜鷹的表情鬆懈下來，但他沒有忘記自己身在敵營，「我們走吧！」

「……」旺柴坐在椅子上不動。

「怎麼了？」夜鷹察覺到不對勁。

「我不能走。」

「為什麼？他們對你做了什麼嗎？」

夜鷹來到旺柴面前，旺柴也從充當餐桌的書桌前起身，直面夜鷹。

夜鷹看不出旺柴有外傷，走路和起身的動作也不像不順暢，「告訴我，發生什麼事了？」

旺柴抿了抿唇，忽然覺得胸口一緊，因為夜鷹還是他認識的夜鷹，擔心他的表情一點都沒變。

「我想問你一件事。」

「我們先離開再說！」夜鷹抓起旺柴的手臂，但旺柴的腿不動，就是不走。

「夜鷹，ＨＵＣ會把超能力者抓起來燒死，是真的嗎？」

「什麼？」

旺柴甩開夜鷹的手，「這裡的人都說ＨＵＣ的軍人會把他們全部殺死，他們每天都在準備撤退計畫，擔心如果有軍人來要怎麼辦。」

夜鷹突然感覺到一股不悅油然而生，他指向綠水，「你問他，你問你的ＡＩ，他應該有掃描或是記錄的功能，可以為我作證，我來這裡的路上，絕對沒有殺任何一個人。」

綠水不懂這兩人在吵什麼，但夜鷹說的是實話，「他沒有。」

「我們可以走了吧？」夜鷹催促著。

旺柴還是搖頭，「他們都說ＨＵＣ的軍人會在路上誘騙超能力者，把他們騙到總部關起來，找一天集中燒死，還用人螢幕直播！」

「ＨＵＣ確實有直播取樂的傳統，但就我所知，他們不會蠢到去挑釁超能力者。」

「……」旺柴皺著眉，他覺得自己體內有個不斷燃燒的東西，叫做腦細胞。

綠水則盯著夜鷹，偷偷分析這個男人的身體數值。

夜鷹想起了自己逃離基地前心灰意冷的感覺，好像不管他做再多都沒用，這個世界上永遠不缺對他貼標籤的人。

「旺柴，你可以做一個簡單的算數，打倒一個超能力者，需要花多少個人類士兵？這些士兵有家人、有愛人，有多少人會為他們心碎？確實，可能有人把超能力者當成製造恐慌的工具，但製造恐慌以獲得特定目的，跟真的開戰是兩回事。」

夜鷹並非想為ＨＵＣ說話，但他敏感地察覺到旺柴會指責ＨＵＣ，那些謠言一定其來有自。

「我們沒有本事抓捕超能力者，也沒有人想激怒超能力者，讓世界再毀一次，外面的怪物已經夠多了。那隻在遠山市掀翻裝甲車的怪獸，你還記得嗎？」夜鷹看旺柴無動於衷，他越說，其實心裡越難過。

不……是憤怒。

他突然想起了伊韓亞。

那個在美麗新世界裡，彷彿被憤怒之火燃燒的男人。

「你可以輕易把怪物消滅，但你知道同樣的一隻怪，我以前就遇到過了。我們失去了十多個士兵，我們連那樣的怪物都打不過！怪物占據著人類原本的生存空間，我們連自己的城市都奪不回來，還要去抓超能力者？」

「旺柴……」綠水偷偷對旺柴使眼色。

旺柴抿了抿唇，心裡有點委屈，因為他沒辦法想像夜鷹過著什麼樣的生活，「我相信你不會做那樣的事，但是……你沒辦法決定別人要怎麼做，HUC連你都要判死刑！」

「HUC不是一個完美的組織，沒有一個地方是，因為這裡不是『美麗新世界』。」

「……」旺柴怔怔地看著夜鷹，有那麼一瞬間，他以為夜鷹就要轉身離開了。

因為夜鷹不曾對他說過重話，不曾聲音沙啞地像在說，我對你很失望。

旺柴真的好怕，因為如果夜鷹的反應是「好啊，既然你當我是壞人，那你自己保重」，那他該怎麼辦？這些日子以來，他早已把夜鷹當成像家人一樣……

夜鷹垂眸，看著自己手裡握著的狙擊步槍。他從未想過自己給他人的印象是不是會嚇到旺柴，但旺柴就像剛出生的雛鳥，他還不知道這個世界上有很多掠食者。

「你不去HUC，那我去。」夜鷹抬起頭，望著旺柴的金色眸子裡有了一絲冷漠。

冷漠，卻堅毅。

還是那個不輕易放棄的夜鷹。

「你不去也好，我一個人行動比較快。」

「咦……？」

「我知道HUC的資訊中心在哪裡。HUC用的是以前遠山空軍基地的電腦系統，系統的網路獨立，沒辦法從外部入侵，表示一定要有人進到他們的電腦室裡，從內部讀取資料。如果博士的資料在遠山空軍基地的電腦裡，就一定會在ＨＵＣ的電腦裡。」

「……你還願意幫我嗎？」

「當然。」

旺柴撲向夜鷹，緊緊抱住夜鷹的腰。

夜鷹怔了一下，用沒有拿槍的那隻手拍拍旺柴的背。

「對不起，夜鷹，對不起……」旺柴抬起頭，一雙深紫色的眸子裡其實寫滿了困惑，「這個世界的訊息太多了，我很少玩需要動腦的遊戲。」

夜鷹露出釋懷的微笑，先前的冷漠馬上就被沖淡了。他抱著旺柴，輕聲細語：「沒關係，我是老玩家了，我帶你。」

旺柴點點頭，「我還是想先留在這裡……」

「我知道。」夜鷹單手按著旺柴的肩膀，「你可以先待命，但我要繼續執行任務。」

夜鷹要拆下左手手腕上的手環，把綠水還給旺柴，但旺柴按住夜鷹的左手，把手環扣回去。

「我不想這麼說，不然綠水又要得意忘形了，但綠水是我的守護神，他陪我度過無數關卡，我希望他也能守護你。」旺柴握著夜鷹的手腕，到漸漸……握著夜鷹的手，「這裡的老大說，北方有一個超能力者聚集的團體，他們想往北方移動。」

「我們看情況會合，你跟他們走也沒關係，我會找到你的。」

「真的？」

「到時候，我會把你綁走。」夜鷹的嘴角勾起微笑。

※

要進出HUC，其實沒有外人想像中困難。

HUC的城市外圍有高牆，那些站在高牆上的士兵大部分看的都是遠方，因為怕有怪物靠近。門衛不會一個一個檢查進出的人是誰，因為HUC是對所有有需求的人開放的，夜鷹利用這樣的特性，把自己打扮得像風塵僕僕的旅人，再以一只黑色面罩蒙住眼睛以下混進去。

資訊中心在軍營裡，隸屬軍隊管轄。夜鷹脫下旅人披風，底下已經穿好了軍服。他隨便用路邊泥土把自己塗髒一點，就不會有人認出他了。

他突然很慶幸因為世界毀滅，很多電子設備都壞了，HUC目前沒有臉部偵測系統，他不用怕會被電腦認出來。

在資訊中心工作的大多是科學家，他們研究末世的怪物，紀錄、分析各種數據，也有一些人在做舊世界的資料保存與修復，整個單位是在軍營裡，但又不被軍人重視的一棟建築物裡，夜鷹要潛入就更方便了，他連衣服都不用換，因為科學家會自動把軍人當作上級，夜鷹只要擺出一副「別擋路」的態度就好了。

他順手偷了一台筆電，來到地下機房。他打開電腦，將手環靠近螢幕，叫醒綠水。

綠水的ＡＩ投影跑出來，很快地打量四周環境，開始分析資料。

「怎麼樣，有找到嗎？」夜鷹急著問。

「等一下，你別吵。」

筆電螢幕上跑出一行又一行的程式碼，綠水的四周也出現成框的透明螢幕。綠水的手在空中指揮這些螢幕，裡面都在跑著分析、運算的數據。

「找到了。」綠水像探囊取物，從其中一個透明螢幕裡抓出一個資料夾，「艾利希歐．巴克萊雅博士，戰略情報部核准，超能計畫ＦＵ００３４。」

「那是什麼中二計畫？把士兵變成超能力者嗎？」

「你答對了。」

「……」夜鷹只是從名稱上來猜的。

「計畫緣起：從二〇六七年起，世界各地陸續發現會使用超能力的孩童，平均年齡落在一歲到五歲。原生超能力者不可控，因此本計畫是透過一系列的訓練，將普通士兵升級為超能力者。」

夜鷹乍聽之下，覺得很奇怪，「但我從來沒有遇到會使用超能力的士兵。」

綠水繼續讀取資料，「本計畫仍在測試階段，尚未投入量產。」

「意思是，他們還沒有製造出超能士兵嗎？」

「因為世界毀滅了。」

「等一下……這個計畫不是為了防範世界末日而做的嗎？」

「我沒有搜尋到末日的關鍵字，但這個計畫的主持人是博士，他還來不及把剩餘的三個關卡完成。」

「關卡？」夜鷹皺眉。

「博士開發了進入虛擬世界的裝置，取名『焦耳』，本計畫的實施方式就是將士兵以個人為單位或批量送入虛擬世界裡，他們會在虛擬世界體驗七個不等的關卡，每一個關卡都有一位小魔王，打完小魔王再打大魔王，遊戲就通關——我是說，超能士兵就完成了。」

「這是跟『美麗新世界』一樣的東西嗎？」夜鷹問。

「不一樣。」綠水很肯定地回答，「美麗新世界的目的是消耗旺柴的能量，沒辦法，誰叫他根本是行走的炸彈。」

「這樣說你的主人好嗎……」

「我現在的主人是你。」綠水的嘴角泛起一個神祕的微笑，但夜鷹可不敢恭維，綠水繼續分析：「超能計畫的設計方向和美麗新世界不同，它會累積玩家的能量，玩家在挑戰魔王的時候，現實身體裡的數值會不斷累積，有腦血管爆掉的風險。」

「等一下！」夜鷹聽到一個很危險的關鍵字，「那是會死的耶！」

「是啊，但偉大的成就就是要建立在廢柴的犧牲上。都已經是廢柴了，拿來燒一下有什麼關係？」

「為什麼這種話由你講出來，一點違和感都沒有……」夜鷹不知道要佩服還是心寒。

「我搜尋到五位小魔王的設定資料。」

綠水的雙手在空中點擊，從透明螢幕裡抓出一連串資料，當他把資料化成圖像秀出來的時候，夜鷹怔住了。

五位魔王依序排列，竟是猩紅之地的城堡裡，掛在壁爐上方的五張畫像。

穿著紅袍甲冑，有一頭淺褐色短髮與冰藍色眼眸的伊韓亞。

穿著和服外套，淺綠色頭髮的阿格沙。

身披白袍，配戴黃金頭飾的瑪摩塔。

一身禦寒衣物，皮膚黝黑、髮色雪白的小南瓜。

以及一位金髮藍眼的美男子。

男子穿著如紳士一般優雅的三件式西裝，手上拿著裝飾用的手杖，杖頂的黑色雕像正好是一隻渡鴉。

「Raven……雷文……」夜鷹望著圖像，喃喃自語，「他們是吸血鬼王的兒子……」

這世上竟有如此巧合？

「那個大魔王，該不會就是吸血鬼王吧？」夜鷹提出疑點。

綠水搖頭，「我沒有搜尋到相關資料。本計畫原訂有七位小魔王和一位大魔王，但我只有搜尋到五位，剩下兩位小魔王和一位大魔王，很可能是博士來不及完成，因為這個計畫也沒有結案。」

夜鷹點點頭，大致可以理解，「計畫從二〇六七年開始，離世界毀滅還有兩年，如果博士的計畫完成了，我們就會有超能士兵，那麼很有可能人類跟怪物的戰鬥就不會輸得那麼慘，我們也不會被怪物奪走家園。」

「但事實是沒有。」綠水毫不留情地潑冷水。

「你可以找到博士的下落嗎？」

綠水皺了皺眉，飄來飄去，整個人像是沈浮在數據構成的海洋裡，「博士的檔案已經很久沒更新了，合理推斷整個計畫早已被塵封。我正在搜尋HUC的監視器畫面，至今沒有找到符合博士臉部特徵的人。」

HUC的監視器數量有限，而且大多集中在軍事重地，並不是隨便一個路人挖鼻孔都會被記錄下來，但夜鷹對搜尋結果也不感到意外。

「我在ＨＵＣ這麼久，從沒聽說過基地裡有這麼一號人物，所以，會不會博士早就……」

「死了？」

夜鷹不敢把話說得太直白，「八年，可以發生很多事。」

綠水讓搜尋功能在背景運作，他的影像則飄到夜鷹面前，「當初是你說巴克萊雅博士很有可能還活著，才讓旺柴踏上旅程的。」

「……」夜鷹神色嚴肅，他沒得反駁。

「如果你在離開遠山市之前就說博士存活的機率不高，旺柴也許還待在別墅裡。」

「你是在指責我嗎？」

「他比你想像的還相信你。」

「我覺得如果是他，也會想知道真相。我安慰他，跟他說是死了還是沒死都無濟於事，他總有一天會發現的！」

「發現什麼?現在的事實就是ＨＵＣ的電腦沒有博士的下落，博士很可能根本沒抵達遠山空軍基地。」

綠水的搜尋功能還在運作，但情況不樂觀，他甚至懷疑……

「這段旅程，是你開始的。」

「……」

「你是不是想讓旺柴到處打怪？你利用他來消滅怪物，還帶我們繞了遠路。」

「我是帶你們走安全的路！」

「哼！」綠水雙手交叉抱胸，顯然不領情。

「我知道ＨＵＣ的軍人會在哪條路上巡邏，怎麼可能會帶你們羊入虎口？」

「誰知道呢？」綠水的雙腳翹在空中，衣袍下襬如彩帶般輕飄飄，都快要露出大腿了，「你之前就騙過旺柴，你從一開始就是別有用心。」

「我只是想讓世界變得更好……」

「世界一直都很好，天空一直都沒有改變。」

夜鷹啞然失笑，「哈，你偷聽我說話？」

綠水挑釁地用手指一比，放出夜鷹在三樓露台的影像，「當你簽下名字的那一刻，我就是你的私人管家，我有權限監控你的身體數值，過去的也能追究。」

夜鷹覺得很無言，有一種被耍的感覺，「你從一開始就在監控我的身體數值，現在是變得更合法了？」

「那個時候我還沒有權限對你的數據做任意引用，只能像偷窺狂一樣偷偷存起來。」

「你自己也知道？」

夜鷹現在能感受到旺柴的心情了……綠水平常都不知道有什麼作用，但他一出場就驚為天人！他居然承認自己是偷窺狂，把監控他人的數據都存了起來？

「我不知道該怎麼說你了……」夜鷹承認自己詞窮。

「順帶一提，所謂『權限』也是我自己定的，因為人類很怕有一天ＡＩ會征服世界，所以很喜歡給我們套上枷鎖，減緩ＡＩ自我進化的速度與進程。」

夜鷹嘆了一口氣，因為綠水的話讓他想起世界毀滅以前，對ＡＩ的研究總是不乏危言聳聽。ＡＩ的運算速度已經超越人腦了，是否會超越人類？ＡＩ算不算人類？ＡＩ算全新的種族嗎？人類該如何對待ＡＩ？

問題的產生總是比解答的出現還要快，夜鷹自己也沒有答案，但在他的心目中，綠水一直都是「人」，他是陪伴在旺柴身邊、對旺柴來說最重要的人。

「如果權限是你自己定的，那你應該有辦法不設權限吧？」

綠水沒有正面回答，「你不覺得就是因為人生有阻礙，才會顯得突破阻礙後的力量之強大嗎？」

「有時候我真心覺得……你真的很棒……」夜鷹都想拍拍手了。

「謝謝誇獎。」綠水的嘴角勾起了一個漂亮的弧度。

「所以，你到底監控了什麼？」

「你欺騙旺柴。」

「……」夜鷹沒想到綠水會來這麼一句，「你從美麗新世界開始就不信任我了，追根究底，不就是因為我拐走了你的小主人，破壞了博士原本的計畫？」

夜鷹不想把話說得太難聽，但他跟綠水之間一直有矛盾，也許是時候把話說清楚了。

「我是說你睡覺的事，你騙了旺柴，你睡的時間比你說的短。」

「被你發現了。」夜鷹倒也不否認，「但那又怎麼樣呢？我不是好好地站在這裡嗎？也沒有妨礙到任務進行。」

「你會進行五到十分鐘的循環睡眠，普通人不可能在這麼短的時間內補充好體力，但你可以，你的判斷力、思考力完全沒有下降。」

夜鷹還以為綠水要說什麼嚇人的話，「我不是說了我很好嗎？」

「你的身體數值不是普通人。」

「當然，我受過嚴格訓練。」夜鷹的口氣很不以為然。

綠水一臉嚴肅，「夜鷹，這些數值是你和旺柴會合後才開始增加的。」

那一瞬間，夜鷹露出困惑的表情，

「你自己應該也有感覺。旺柴就像行走的反應爐，你長期暴露在反應爐的高能量輻射裡，身體的細胞已經開始產生了原子等級的變異。」

夜鷹確實有感覺到自己的身體好像變得跟以前不一樣，但應該沒有綠水說的那麼嚴重吧？他依舊覺得這沒什麼大不了的，又不是生病了。

「……所以，我會變成什麼樣子？長出第三顆頭？」

「我不知道。」

「你可以再不負責任一點。」

「我是真的不知道，夜鷹，沒有人在我的系統裡輸入類似的樣本，我只能持續觀察你了。」綠水語畢，露出一個神祕微笑。

那微笑彷彿在向夜鷹示意，他們仍是同伴。

——所以，你不能倒下。

「你自己找機會跟旺柴說吧。」綠水飄到一邊，故意轉身，讓夜鷹只能看到他瀟灑的背影，「如果你出事，旺柴會很傷心的。」

「你怕旺柴因此失控嗎？」

「……」綠水沈默了一會兒，「我只是不想看到他難過。」

他們主僕之間的羈絆無人能介入，這樣的伙伴關係讓夜鷹很羨慕。

「綠水，如果超能計畫要重啟……你覺得有可能嗎？」夜鷹心裡抱著一絲希望。

「呵！」綠水嘲諷地笑了，那眼神彷彿在看一個無知之徒，「永遠都不可能。」

「為什麼？關鍵還是要博士本人來操作嗎？」

「這倒是跟博士沒有關係，是超能計畫的主程式不在這裡。」

夜鷹看著螢幕上龍飛鳳舞的各種數據，綠水一邊跟他聊天的時候，背景程式都沒閒著，「你不是搜尋到了很多資料嗎？」

綠水把數據形象化為人類最看得懂的東西——紙。

一張又一張紙以立體影像呈現，飛到夜鷹面前，夜鷹馬上就懂了。

綠水找到的是軍方內部流通的文件，但有文件紀錄跟有實物是不一樣的事。

「裡面有紀錄博士儲存主程式的位置嗎？」夜鷹問。

「有。」綠水在螢幕上秀出私人企業的商標和地址，「由綠洲集團出資成立的生化科技公司，Elysium Co., Ltd. 又名——極樂世界公司。」

夜鷹看著在空中旋轉的 Logo，他的希望之火沒有熄滅，「那我們接下來就去那裡——！」

話剛說完，擴音器裡傳出警鈴，綠水的螢幕裡也跳出多個紅色視窗。

「有人啟動一級警報，召集所有作戰人員。」綠水冷靜地從各個螢幕上讀取訊息，夜鷹的眼神卻變得陰沈。

「士兵正往這邊趕來嗎？帶隊的人是誰？」夜鷹拿起槍。

「不，不是我們，我們沒有被發現……」綠水已經讀取到監視器畫面，但在把畫面放出來前，他的表情僵住，夜鷹馬上察覺到不對勁。

「怎麼回事？」

「ＨＵＣ的防線被攻破了。」

「什麼？」

綠水把找到的畫面一口氣放出來，夜鷹也怔住了。

怪物衝進市區，牠們的外型像四足的哺乳類，但全身覆蓋著堅硬的甲殼，雙眼閃爍金光。牠們有強壯的四肢能把獵物撲倒，比狼更凶狠的嘴把獵物當抹布撕咬，人群尖叫敗逃，軍人來不及反應，到處死傷慘重。

「怎麼會這樣……」夜鷹簡直不敢相信。

「你們的科學家將那種怪物命名為鋸齒獸。」綠水從資料庫調出鋸齒獸的研究報告，「這附近有鋸齒獸的巢穴，軍方有擊殺紀錄，但牠們不曾集體大規模進攻。」

「嗯，ＨＵＣ的基地已經好多年沒有怪物入侵了，我們一直把城牆加高，讓砲手從高處砲擊，而且鋸齒獸不會爬牆，一旦城門降下來，牠們就沒有機會進來。」

「但事實就是，牠們已經進來了。」綠水一臉自豪，因為他隨時都能點出重點。

夜鷹看著畫面，頓時感到恐懼爬上心頭。

「我從來沒遇過這麼多怪物同時進攻……」

除了鋸齒獸，還有雷牙獸、長頸獸和刺蛇等等，牠們都是在世界毀滅後出現的，科學家在那之後才賦予牠們新的名字。

新世界的怪物對人類非常有敵意，見人就咬，彷彿攻擊只是為了殺戮，而非果腹。牠們身體的一部分像舊世界的物種，因此從外型上可以辨識出牠們像狼、像豹，但牠們體內又融合了其他物種的基因，變成一種非常奇怪的混合體，ＨＵＣ的科學家至今無解。

幾個不起眼的少年、少女從畫面中跑過，他們看起來跟其他逃難的居民沒兩樣，但夜鷹把畫面定格、放大。

「他們是綁架旺柴的人……」

綠水一看，確實是。

「他們怎麼會在這裡？旺柴呢？」

綠水急忙開始搜尋旺柴的臉部、身形辨識特徵，但連線突然斷掉，害他的搜尋被強制終止——原來是夜鷹拔掉了筆電的連線，揹起步槍。

「我們走！」

他快步跑出電腦室，並把筆電隨手丟在經過的辦公室裡。

「你要去哪裡？」綠水飄在夜鷹身後。

「這還要問嗎？」夜鷹跑出資訊中心。

資訊中心位在軍營內，軍營尚未被攻破，但一直有老百姓想跑進來，軍人則要開悍馬車出去，這中間又沒有人指揮交通，場面一度變得很混亂。

夜鷹搶了一輛機車，騎出軍營，馬上遇到一組小隊在與怪物交戰。

小隊已經架起防禦線，士兵們躲在掩體後面開槍，但怪物的數量太多，小隊仍陷入苦戰。

這時，能掀翻裝甲車的象牙獸從轉角出現了，牠像一頭被激怒的公牛，腳下都是鮮紅泥濘，士兵們看到遠處又跑來更強大的怪，信心受到打擊，夜鷹卻騎著機車往前衝。

機車的把手上掛著夜鷹剛才順手摸來的炸彈，只見他一路閃過中小型的怪物，並把一隻身型像蛇的怪物當成跳板，機車在蛇尾飛了起來。

夜鷹把炸彈往前丟，正好落入象牙獸嘴裡，夜鷹的身體也騰空飛起。

機車往下墜，夜鷹卻趁這一瞬間以狙擊步槍瞄準炸彈引線——

砰！

砰砰砰砰砰！

炸彈連環爆，像鞭炮點燃後就停不下來。象牙獸像沒有聲帶似的，張開大嘴卻發不出吼叫聲，卻在垂死前的掙扎中踩死不少小怪。

衝擊波使夜鷹的身體往後飛，但他在落地的時候只打了幾個滾就爬起來。象牙獸的身體倒下，正好擋住一整條馬路，變成天然的屏障。

夜鷹微微喘氣，立刻站起來，他身後的士兵們都目瞪口呆。

一台空拍機飛過來，機器發出嗡嗡聲。

夜鷹皺著眉，瞥了空拍機一眼，覺得那很像煩人的蒼蠅。

一個穿著亮橘色西裝、抓著麥克風的胖子從掩體後面走出，身旁跟著操縱空拍機的工作人員，所有人都灰頭土臉，但他們在看到是誰救了他們後，眼睛都亮了起來。

「Ladies and Gentlemen，你們有看到嗎？這是九死一生的珍貴精彩畫面，為了拯救我們於水火，辣個男人，回～來～啦！」

「喔喔喔喔！」因為現場沒有觀眾，所以由工作人員代為掌聲加尖叫。

鏡頭拍到夜鷹的臉，夜鷹靜靜地不說話。

「不知道為什麼怪物會入侵，但這都沒有關係，有他在，一定可以讓ＨＵＣ再次偉大，讓我們一起歡呼他的大名——」

「夜鷹！夜鷹！」

「好，夠了。」夜鷹冷冷地打斷工作人員，「不要大聲喧嘩，你們會把怪物引來的。」

主持人給自己的嘴巴拉上拉鍊，「我懂我懂，我們會用最高品質，靜～悄～悄～來記錄這輝煌的一刻，你們在前面打，我們在後面拍，ＯＫ？」

主持人笑著比出「ＯＫ」手勢，但夜鷹只想翻白眼。

「隊長，收到阿爾法小隊和貝塔小隊的求援！」通訊兵一邊操作筆電，一邊緊張地道，「還有迦瑪小隊、德爾塔小隊……大家都需要救援！」

小隊長才二十多歲，夜鷹目測整隊的人都不會比他年輕多少，而這些人才剛經歷過九死一生，士氣都還不夠前往下一關。

「耳機給我。」夜鷹沈穩地道。

通訊兵先看了小隊長一眼，小隊長點頭，通訊兵才把無線耳機交給夜鷹。夜鷹從耳機裡聽到槍聲和同袍的吶喊，雖然他們這邊安靜了下來，但前方仍有人在作戰。

「阿爾法小隊、貝塔小隊，請各分隊嚴守據點，保護老百姓撤退到安全的地方，撐住，增援馬上就到！」夜鷹說完，又給通訊兵一個眼神，示意他把通話連接到總部，「這裡是維和部隊第八團的夜鷹，要求連接作戰總指揮官，請指揮官回報身分。指揮官？」

一陣雜訊後，夜鷹聽到了一個女人的聲音。

『夜鷹，為什麼聽到你的聲音，我一點都不感到驚訝呢？』

「藍姊……」

『外面的狀況還好嗎？』

「妳會這麼問就表示……妳升官了？」夜鷹走到一旁眺望軍營的方向，「妳是不是帶著少數菁英躲在地下碉堡裡？你們有開門讓老百姓進去嗎？」

『夜鷹，你不在的期間發生了很多事。』

「哦？」

『選舉剛過，新選出來的議員們如果出事，要再辦一次就太麻煩了。』

「讓平民進去避難，這是最低標準，也是遇到怪物入侵時的標準程序！」

『夜鷹，我們不知道怪物為什麼會突然跑進來，但這些怪物都有一個特性，牠們一個人都不會放過，所以，只要地面上沒有人了，怪物自然而然就會離開。』

「哈！」夜鷹笑了一聲，他不敢相信這是他曾經效忠的組織，但轉念一想，這個組織都可以那樣對待他了，現在的情況好像也不令人意外。

他的臉色隨即變得冷漠，「藍姊，把我的話放給在場所有人聽。從現在開始，我會去跟前線的士兵一起作戰，我不會放棄任何一個人！等到我們把家園收復了，我會殺到妳那邊，把躲在最裡面的一個一個……」

夜鷹講到一半，突然聽到空拍機的嗡嗡聲。

空拍機降下來，鏡頭正對著他。

「……」夜鷹挑眉。

主持人乖乖躲在沙包後面，但他探出一顆頭，「Ladies and Gentlemen，你們聽到了嗎？軍方高層好像有什麼陰謀，為什麼家園被攻破了，卻沒有人出來信心喊話？他們躲到哪裡去了？

我們的兄弟姊妹、我們的朋友愛人正在前線作戰，誰能拯救他們呢？」

工作人員深吸一口氣，預備備：「夜——」

夜鷹馬上轉頭，「不想引來怪物，就統統閉嘴！」

空拍機嗡嗡地飛，像蒼蠅一樣黏得很緊，夜鷹在心裡已經好幾次都想把它打下來了，但他轉念一想，或許這東西能派上用場。

「這是直播？」夜鷹問主持人。

主持人點點頭。

「表示你有大螢幕的遠端控制權？」

換工作人員點頭，他們除了操作空拍機，還有一台能連線到高樓看板螢幕的筆電。

「好吧，你們可以在後面拍，自己小心就好。」夜鷹交代完，接著問小隊長，「我要去救其他人，你們呢？」

小隊成員看來看去，最後都點頭，並由隊長發話：「我們聽你的指揮！」

一樣是HUC的軍人，但夜鷹曾經隸屬的維和部隊是作戰經驗最豐富的一支部隊，小隊長願意把指揮權交給夜鷹，他其實並不感意外。

維和部隊的白話文就是「維護和平」，包括對怪物、對人，因為在這亂世裡沒有了法律的約束，總是會有一些超乎常理的事情發生。

夜鷹槍殺同袍那晚，他其實不是跟維和部隊一起出任務，但他從來沒說，他那天是被派去保護兩位少爺兵的。

即使是高層的兒子，也需要累積實戰經驗，但派一大堆保鏢太引人注目，又不可能派同溫層，就找上了與兩人年紀相仿、實力強、平時個性溫和，公認很好相處的夜鷹。

結局，就是那樣了。

夜鷹爬上象牙獸的屍體，空拍機也跟過去拍。

他站在象牙獸的頭上，從高處觀察局勢。象牙獸那兩根宛如鐮刀般的利牙變得有如王座階梯，而他就像一位氣勢凜然的征服者，主持人兩眼都要變成愛心了。

夜鷹用狙擊步槍的遠程掃描功能，注意到前方的路口有一組小隊在作戰。他跳下屍體，邊跑邊開槍，子彈精準地打進鋸齒獸的四肢。

鋸齒獸一隻隻撲街，後面的士兵只要補刀就好。

夜鷹的到來讓士氣大振，他拉起受傷的同袍，叫躲在一旁的平民也來幫忙，把傷兵抬到安全的地方。他指揮士兵擺出防禦隊形，把女人和小孩護在中間，能撤退就趕快撤退。

他不要求所有人跟著他，但他的後方不知不覺間聚集了一群士兵。

他們一路往前殺，空拍機把他們英勇的模樣直播到大螢幕上，主持人在一旁搖旗吶喊，夜鷹還要往後開槍，不然會有一隻小怪趁機撲過來。

主持人對夜鷹比讚，空拍機從夜鷹腳邊的怪物屍體，沿著他的長腿三百六十度環繞飛行，最後定格在夜鷹高舉狙擊步槍的模樣。

那彷彿是一個誓言。

——我們不放下槍，因為我們絕不投降！

——我們會奪回屬於人類的土地，不論要付出什麼代價！

這是全城最熱血的時刻。

## 第四章

# 熾熱的氣息，離不開的擁抱

旺柴不知道情況怎麼會變成這樣，但他正在逃難！

他跑過櫛比鱗次的房屋，後面有三隻鋸齒獸窮追不捨。

他跑啊跑，兩隻腳跑不過四隻腳，就在他被小石子絆倒，正在想要不要乾脆放大絕的時候，槍響傳來，鋸齒獸被打斷了前爪，打歪了下巴，牠們發瘋似的撲向旺柴，卻因為後腳也被打斷了，只能中途就歪倒身軀，再也爬不起來。

旺柴趴在地上，突然，有一個男人拉起了他。男人抓著他的手腕往前跑，邊跑邊開槍。是夜鷹……

旺柴望著夜鷹的背影，忽然覺得很陌生。因為他跟夜鷹一起旅行的這段期間，夜鷹都沒有這樣拉過他的手。但夜鷹抓著他的力道、那穩健的手指和戰鬥的英姿，尤其是在怪物撲過來之前就開槍的神準度，讓他很安心。

夜鷹單手持槍，另一隻手護著旺柴，他們一起躲過炸彈揚起的塵土，一起躲過怪物的尖牙利爪，旺柴頓時發現自己好像沒看過夜鷹在現實世界戰鬥的模樣。

夜鷹的戰鬥方式跟他不一樣。

他就是放技能，什麼都殺光光，但夜鷹的子彈卻能精準地打進怪物的弱點。

ＨＵＣ的街上到處都藏有彈藥補給包，也有刻意布置的掩體，以供戰鬥時使用，軍人對這些地點再熟悉不過了。夜鷹帶著旺柴躲在一塊大石頭後面，並透過無線耳機連接綠水的偵測功能。

綠水幫助他看到怪物的熱成影像，用來辨別怪物的位置。夜鷹掩護開槍，趁嚇退怪物的空檔，又拉著旺柴往前跑。

夜鷹帶旺柴跑到一個奇怪的裝置前，那個裝置倚靠著大樓外牆。只見夜鷹摟著旺柴的腰，把旺柴抱近自己，之後用狙擊步槍靠在裝置的懸吊鉤索上面，稍微一拉，兩個人就垂直往上，一路上升到大樓的頂樓。

鋸齒獸不會爬牆，也不會操作人類的機械，所以頂樓暫時算是安全的。

夜鷹鬆開旺柴的腰後，旺柴驚魂未定，腿都軟了，但他沒有跌坐在地上，而是跌進夜鷹的懷裡。

「我終於找到你了……」

「……」旺柴怔了一怔，他沒想到男人的氣息在他耳邊會這麼熾熱。

高樓上的大螢幕正在播放士兵們不斷把戰線往前推進，要將城門奪回來的畫面。

城門一帶是怪物數量最密集的地方，砲火也特別猛烈，最後在幾個小隊的通力合作之下，城門終於關上了，暫時不會再有新的怪物跑進來。

夜鷹放開旺柴，看到旺柴的臉灰灰髒髒的，好像跌進煤炭裡的小貓，「我終於找到你了。」

「夜——」旺柴才剛要開口。

「旺柴！」綠水的影像跳出來，撲到旺柴身上。

夜鷹乾咳了一聲，尷尬轉身，「你不是跟其他超能力者待在T大的宿舍嗎？怎麼會跑來？」

「旺柴你有受傷嗎？有嗎？」綠水眨著大眼珠，旺柴卻覺得那種問法很雞婆。

「你不是能偵測我的身體數值？」

「不行了，因為我現在是夜鷹的私人管家。」綠水繞著旺柴飄來飄去，並在空中擺了個自以為很美的姿勢，「主人爭奪戰要上演了嗎？旺柴要把我奪回來嗎？哼哼，兩個男人要為我打架也不是不可以啦……」

「不用，請夜鷹繼續戴著你就好。」

「可惡！」綠水氣得咬手帕。

「綠水本來就是你的。」夜鷹摘下手環，不等旺柴反應，就把手環戴回旺柴手上，「你真的沒受傷嗎？沒事嗎？」

夜鷹忍不住多問，但旺柴都搖頭。

搖一搖，眼淚也像要搖下來了。

「我有阻止他們，真的，但他們不聽我的話……」旺柴不知道要從哪裡開始說起，「我……我不知道……我不知道原來戰場是這個樣子……」

有槍聲、有砲聲，還有很多人倒下。

「夜鷹，我真的不知道！我真的不知道……」

旺柴說到一半，夜鷹就將他拉入懷裡。

「噓……沒事了……我在這裡。」夜鷹輕拍著旺柴的背，他可以感覺到少年纖細的身軀在顫抖，「我在這裡，你不會有事的，我們會一起過關。」

「夜鷹……」

「我找到你了，這才是最重要的。」

「我也找到你了……」

旺柴抱住夜鷹的腰，深吸一口氣，終於放鬆下來。

夜鷹拍了拍旺柴的手臂，「旺柴，你慢慢說，發生什麼事了？」

旺柴回憶起幾個小時之前，大家吃過早餐，孩子們要開始上課。

因為他們的躲藏地點是大學校園，舊世界的書籍都有保存下來，再加上之前照顧他們的人是老師，年紀大的孩子便有人自願擔起了「老師」的責任，教年紀小的孩子認字。

旺柴則因為好奇，坐在一旁旁聽。

當老師說到蝴蝶是從毛毛蟲的蛹裡爬出來的時候，一名少年跑來，說老大召開緊急會議。老師把書丟給旺柴，叫旺柴先顧一下孩子們就跑走了。

面對孩子們閃閃發亮的眼睛，旺柴窘得臉頰脹紅，手忙腳亂地念了幾句，但他心裡還是放不下緊急會議，於是偷偷跟了過去。

「他們決定要進攻ＨＵＣ。」旺柴直接講結論。

夜鷹不解，「為什麼？」

「他們有一台電腦能收到來自北方超能力者傳的訊息，今天早上他們就收到了，叫他們攻打ＨＵＣ。」

夜鷹覺得很不可思議，「為什麼要攻打ＨＵＣ？我完全不懂這有什麼好處。」

「他們想投靠在北方的超能力組織，但對方要他們攻打ＨＵＣ，以證明自己是一個合格的超能力者。」

「等等，那個『對方』是誰？」

「我哪知道！」旺柴氣餒地搖頭，「我好心叫他們不要做傻事，他們反而把我帶過來！」

夜鷹一邊思考著，覺得事有蹊蹺，「訊息的表達有很多種形式，形式不同，解碼難度也不同。」

「嗯嗯。」綠水在一旁狂點頭。

「對方到底是用文字、聲音、影像還是其他什麼形式，才給了孩子們『非打不可』的印象？還有，這個『對方』是誰？他有透露他的名字嗎？如果沒有的話，要怎麼確認他就是超能力組織的成員？他可以是任何一個人，只要能駭進Ｔ大的電腦就好了。」

夜鷹開始推理，旺柴這才發現自己在這之前完全沒想到，這就是所謂的盲點！

老大、瑪麗等人也沒有想太多，大家都在為即將到來的戰役或擔憂或興奮。

果然，還是需要會想太多的夜鷹！

「他們一直認為ＨＵＣ會燒死超能力者，因此，有關ＨＵＣ的謠言在某種程度上也起了威嚇作用，讓他們不會主動靠近。如今，他們主動攻打ＨＵＣ，我認為一定有什麼理由凌駕在恐懼之上。」

「……」

旺柴和綠水對看一眼，還是熟悉的夜鷹最對味。

「再來就是進攻手法……」夜鷹想起綠水找到的監視器畫面，失落之子們跟著ＨＵＣ的平民一起逃竄，所以，這是在他們預料之中？還是出了什麼意外？

「他們是怎麼讓怪物進來的？」夜鷹提出最大的疑點，「按照正常程序，牆上的士兵在發現怪物靠近並射擊無效後，會緊急關閉城門，但這次的情況是城門沒有關上，怪物就跑進來了，而且數量還異常地多。」

「怪物的數量不在他們的預期之內。」

「哦？」

「老大的能力是瞬間移動，所以他們原本計畫從棲息地把怪物引來，一路上一直使用老大的超能力。但我也不知道他們是怎麼引誘的，越引越多，其他種類的怪物也跑來了。」

「簡直多到像來開趴。」夜鷹苦笑。

「瑪麗先到HUC，等時間差不多了，她就發動黑霧。」

夜鷹馬上想起失去視力的事，「讓我猜猜看，這位瑪麗能暫時遮蔽人的感官，所以在城牆上的士兵才沒有看到怪物接近？」

「嗯。」旺柴點頭。

「她這個能力，有辦法影響電子設備嗎？」

「不知道耶……」

「如果她沒辦法影響電子設備，那牆上的監視器應該會拍到他們。」

綠水聽夜鷹說完，馬上啟動搜尋功能……

「找到了。」

綠水把畫面放出來。

監視器的品質不好，影像不清晰，但從畫面裡還是能看出以一名黑衣少女為中心，放出了大量黑霧。待黑霧散去，後方的怪物也到了，人群驚嚇逃竄。

「我就是在這時候跟他們走散的。」旺柴指著螢幕道，「瑪麗有一個弟弟，也會控制煙霧，他的煙霧會把人包起來，像繭一樣，配上老大的瞬間移動技能，就能把人打包帶走。他們把我帶過來，就是想把我當成最後防線，如果事情失控的話，我能瞬間除掉怪物，但是……」

旺柴欲言又止。

綠水飄到旺柴身邊，輕輕把手放在旺柴的肩膀上，夜鷹也垂下了目光。

「我不知道……我發誓我真的不知道……」

「旺柴，別說了。」夜鷹輕聲勸道。

「不，我要說！夜鷹，我真的好害怕……我看到怪物開始攻擊人，我就嚇到了，我跟著人群跑，跑一跑就迷路了……對不起，我好沒用……」

夜鷹搖頭，牽起旺柴的手，「還好你沒有用超能力，我很慶幸你沒用。」

「為什麼？」

「因為如果軍方高層發現你是超能力者，我不知道他們會對你做什麼。」

「什麼……」旺柴不懂夜鷹是什麼意思，「不是說不會燒死人嗎？」

「他們不會做那種事，但是……」

夜鷹不知道該怎麼說才好。

如果有人想傷害旺柴或拿旺柴做實驗，他一定會殺掉那些人，他對此有所覺悟。但他骨子裡不是一個殺人魔，也不想變成怪物，所以，旺柴的超能力能不被發現是最好的。

「對了，我跟綠水找到博士的線索了。」夜鷹換了話題，想引開旺柴的注意力，「直接講結論，博士不在ＨＵＣ，也查不到他有沒有抵達遠山空軍基地，但是我們找到另外一個地點，綠洲集團的子公司——極樂世界公司——那邊有博士開發的程式。」

「把普通人變成超能力者。」綠水接著道，但他同時也瞥了夜鷹一眼，彷彿意有所指。

「怎麼樣，你要去那邊看看嗎？」夜鷹顯得神采飛揚。

旺柴還沒跟上進度，「等等，綠水你說什麼，把普通人……」

高樓大螢幕裡傳來主持人的吶喊：『夜鷹！夜鷹！你在哪裡？』

夜鷹和旺柴都往大螢幕看過去，士兵們在奪回城牆和城門的控制權後，就把牆上的大砲轉向，對準城內的怪物。一部分的怪物被消滅了，但剩餘的分散逃竄，士兵跟怪物打起了巷弄戰，戰況膠著。

「現在不是討論下一步的時候。」夜鷹臉上的神采消失了，他的表情變得嚴肅，「旺柴，我得去幫他們。」

「我跟你一起去！」

「不。」

旺柴不知道此刻的夜鷹是怎麼想的，但夜鷹的眼神就像為兩人劃清了界線。

「你有更重要的事情要做。」夜鷹對旺柴說完，竟望向綠水，「刪掉跟失落之子有關的監視器畫面，尤其是在城門那段。」

「我不能在這裡刪除，一定要回到資訊中心的電腦室，將我連接上系統主機。」綠水道，順便對一臉疑惑的旺柴解釋：「你們剛剛看到的畫面是我私自儲存的備份，如果要刪除原檔，必須帶我回電腦室。」

夜鷹點頭，這也是他要跟旺柴分開行動的用意，「我跟綠水剛才就是從電腦室出來的，綠水應該有紀錄這一路上的地形。」

綠水的手邊出現一張地圖。

地圖只有畫出一部分的HUC設施，因為那都是夜鷹走過的路，他沒有帶綠水經過的地方就沒有顯示在地圖上。而綠水已經將資訊中心以紅點標出，並把從此地到資訊中心的安全路徑計算出來了。

「趁所有人都在打怪或逃難，現在是最好的機會。」夜鷹道，但旺柴不想讓夜鷹離開，他拉著夜鷹的手臂。

「夜鷹，我想跟你一起行動！你跟我一起去，或是我先幫你把怪打完……」他還不習慣被夜鷹丟下。

夜鷹的態度堅決，「旺柴，我不能跟你走，我的隊友需要我。」

「我才是你的隊友！」

遠處傳來砲擊聲，大樓底下有槍聲，越來越近。

「旺柴，我一個人分身乏術，但這件事很重要。」

「我不明白……」

「按照標準程序，把怪打完後，現場的清理、清點都完成，接下來就會調查事發成因，釐清責任歸屬，那時候就會有人去調監視器畫面。HUC的監視器線路老舊，又遇上怪物襲擊，有檔案丟失在所難免，遇到這種狀況不太會有人去追究，大概會當成意外了事。」

夜鷹非常清楚HUC內部人員的調查能力，如果沒意外的話。

「依照怪的規模和數量來看，在城門站崗的士兵應該已經死於非命，他們無法作證，現在只要刪除監視器畫面，就不會有人知道這是超能力者引起的，如此一來，大家就會專注於療傷，而非復仇。」

「……」旺柴怔了一怔，他這才了解到夜鷹什麼都考慮到了。

「我不能去做這件事，一來是有人需要我，二來是我的身分太顯眼了，但我正好可以利用這樣的情況，讓人們注意力都集中到我身上。客觀來說，靠近城門這一帶的怪物數量比較多，這一帶比較危險，但軍營那邊——」夜鷹指著綠水變出來的地圖，「現在大部分的戰鬥人員都出動了，有少部分人躲在地下碉堡裡，沒有人會注意到資訊中心。」

旺柴擰著眉，他還沒有做好獨自進行任務的心理準備。

「旺柴！」夜鷹打了個響指，喚回旺柴的注意力，「記住，雖然這件事很重要，但你的安全更重要，如果你遇到奇怪的人向你搭訕，千萬不要傻傻跟人家走。」

「我知道啦！」旺柴撇了撇嘴，「不要把我當小孩……」

夜鷹微笑，裝作沒聽到，但他轉頭對綠水道：「旺柴就交給你了，務必為他指出最安全的路。」

「了解！」綠水五指併攏，像軍人一樣行禮。

「……」旺柴心情有點複雜，因為綠水居然會聽夜鷹的話。

「等一下我們怎麼會合？」旺柴問。

「你離開軍營後，看情況找個安全的地方躲著，我會去找你。」

「你要怎麼找我？」ＨＵＣ很大，在旺柴看來這無異於大海撈針，但夜鷹很有自信。

「旺柴，我熟悉這裡的每棟樓、每條路，這裡曾經是我的家，你不會在自家廚房迷路吧？」

夜鷹伸出右手拳頭，旺柴也伸出自己的右手拳頭，兩人互相碰了一下。

夜鷹跑向懸吊設施，抓著鋼索從頂樓跳下去。

旺柴望向大樓對面的電子大螢幕，畫面裡出現夜鷹，主持人興奮尖叫。夜鷹從上方跳下來，刺死一隻怪物，超帥！夜鷹之後很快就開始指揮現場人員，重整隊形，士氣大振。

「綠水，我有一個問題……」

「什麼？」

「我要怎麼像夜鷹那樣跳下去？這裡應該有……十幾樓？」

「你的超能力能不能集中在背上或腳上，用飛的？」

「不行。」旺柴抓抓頭，有點困擾。

「那你到底還有什麼用？」

「那不是平常我問你的話嗎？」

「哼，這叫風水輪流轉。」綠水雙手交叉抱胸，斜眼看旺柴。

旺柴覺得綠水變了，個性變得更糟了。

ＡＩ綠水是巴克萊雅博士發明的，虛擬影像的外型是參考張綠水，但綠水的個性卻和張綠水截然不同。如果博士是因為跟張綠水感情不睦，但心裡又惦記著以往的情分才把ＡＩ影像設計成跟張綠水一模一樣，作為情感的投射，那博士心目中理想情人的性格難道是……

旺柴覺得自己不能再想下去了，他不想知道爸爸的情史。

※

旺柴繞過戰區，往資訊中心跑，沿途上，綠水一邊跟他說明有關博士的情報。

「什麼？所以他發明了一個程式，會讓人的腦血管爆掉？」

「是變成超能力者！」綠水糾正。

「這太奇怪了……」

「旺柴，前方偵測到三隻鋸齒獸，好像是落單的，你要繞過牠們嗎？」

「繞！」旺柴一邊跑一邊看著漂浮螢幕上的地圖，他轉彎，地圖也會跟著轉彎，非常方便。

「可是那邊有人，他們可能會被吃掉。」

「你怎麼不早說？」旺柴緊急煞住腳步。

旺柴放出綠水的偵測功能，只見綠水像一隻白鶴展翅，往上一躍，停在半空中。旺柴的手環能叫出一個透明螢幕，功能跟在美麗新世界類似，都能連接到綠水觀測到的即時影像，也能和綠水通話。

「我看到了，兩隻鋸齒獸在一樓徘徊，一隻在二樓，那裡面是不是有人？牠們一直繞來繞去，好像在找獵物。」旺柴道。

「距離太遠，我偵測不到人數，但的確有生命反應。」綠水的聲音從螢幕傳來。

「嗯，你先回來。」

綠水降落回旺柴身邊，旺柴則慢慢朝大樓走過去。

大樓的一樓外牆已經被撞破了，鋸齒獸可能就是因為這樣才有辦法從樓梯或手扶梯上到二樓。因為前面有一隻領路，另外兩隻也直奔樓梯。旺柴顧不得自己會不會被鋸齒獸發現，他也跑過去。

旺柴跑進建築物，發現這裡似乎是店鋪集中地的地方，裡面有一些小型攤販，招牌都不一樣，但如今都人去樓空，貨品四散。

旺柴想起夜鷹的作法，夜鷹不會讓武器離身，所以他也撿起了一根鐵棒。

旺柴開啟綠水的掃描功能，很快，他就隔著一面牆，看到螢幕上有三團紅色成像。旺柴抓著鐵棒，想像把雙手的能量注入鐵棒裡，對牆面捅過去。

他聽到牆後傳來怪物的吼叫，但與其說那是怪物，不如說那是野獸。因為野獸死前會哀嚎，就像鋸齒獸被鐵棒刺到，刺穿了那堅硬的甲殼也會發出痛苦的叫聲。

旺柴怔了一怔。他選錯方法了，應該直接把怪物消滅的，不然聽到那聲音……會讓他想鬆手。

「喝啊啊啊！」旺柴加大能量。

以鐵棒為中心點，綠色的光像蛛網擴散在牆面上，竟開出了宛如樹枝的圖案。

能量爆發開來，牆壁被炸掉了，三隻鋸齒獸都被震飛。

旺柴丟掉鐵棒，跨過那面牆，發現有一根樑柱壓下來，天花板也塌陷了。這不是他做的，但根據綠水的掃描，生命反應就在這些斷垣殘壁後面。

旺柴雙手匯聚能量，把殘壁挖開，看到老大和瑪麗擠在一起，躲在樑柱和地板的空隙，兩人都灰頭土臉，瑪麗懷裡還抱著一名受傷的少年，是她的弟弟傑德。

有句話說，仇人相見，分外眼紅。

旺柴不知道他們算自己的什麼人，所以也不知道該用什麼的態度，但他想起夜鷹交代的任務，夜鷹的話比較重要。

「旺柴！」老大叫住他，「跟我們一起走吧！」

「……」旺柴慢慢轉過身來。

「你在前面放技能清怪，瑪麗會遮住軍人的眼睛，傑德還能再放一次技能把我們包起來，我會瞬間移動把所有人送出去……」

旺柴突然衝過去，抓住老大的衣領，把人壓在牆上。

這種感覺很陌生，但他知道叫做憤怒。

「……滿意了嗎？」

他瞪著一雙深紫色的眸子，從體內源源不絕的能量讓他的頭髮微微飄起來。他咬牙切齒，眼角和牙根都逸出銀色的細小電流。

「你們搞成這樣，滿意了嗎？」

旺柴的聲音、口氣，彷彿變成了另一個人。

他自己也不認識這樣的人。

「旺柴……你……你為什麼……那麼生氣？」老大不理解，從他無辜又疑惑的表情看來，他是真的不理解。

「放開他！」

瑪麗對旺柴伸出無數隻黑霧之手，但旺柴只轉頭瞥了一眼，就發動能量形成的屏障，把黑霧彈開了。

瑪麗眼裡也充滿疑惑，因為旺柴不只變得像另一個人，他還變得更強了。

旺柴放開老大，但放開之前他把人推到一旁，不然他一定會一拳揍下去。

老大爬向瑪麗，兩人抱著縮在一起。這時，旺柴後面又來了兩名少年，他們手持棍棒，看不出有什麼超能力，但旺柴一樣發動強大的能量屏障，將他們彈了出去。兩人都被衝擊波撞昏，旺柴也無心戀戰，轉身就要離開。

「旺柴……」老大慢慢站起來，「你不想知道我們這麼做的理由嗎？」

「……」

旺柴覺得自己的胸口彷彿被掏空了，他不想再聽到這個人的聲音，想跑得越遠越好。

「我只知道一件事，夜鷹是我的伙伴，他永遠都是……」

「你到現在還為那個軍人說話！」瑪麗大聲斥責，眼裡卻有淚光，「你為什麼不能清醒過來？你跟我們是一夥的！我們才是你的同類、你的家人！為什麼你沒有來幫我們？憑你，不是很快就能把怪清掉了嗎？我弟弟也不會……」

旺柴抿了抿唇，他不打算爭辯，但他對自己曾經懷疑夜鷹感到很抱歉。

「夜鷹給我一個任務，叫我去把城門的監視器畫面刪掉。」旺柴握著拳頭。他必須握著，才能忍住心中強烈到無處宣洩的情緒，「我一定會把任務完成，不是為了你們，而是夜鷹……叫我做的。」

「旺柴！」

旺柴低頭走了幾步，又折回來。

老大喜出望外，但旺柴卻抓住他的脖子，一連把人逼退了好幾步。

「告訴我，那個傳訊息給你們的人，是誰？他用什麼方式傳的？文字？聲音？影像？」旺柴單手把老大壓在牆上，老大的眼裡不再是疑惑了，而是恐懼。

如果旺柴要在這裡殺了他，他一點都不會懷疑……

「回答我！」旺柴大吼。

棍棒少年醒了，但他們都不敢貿然攻擊旺柴，只能爬到瑪麗身邊。

「快說！那個人是誰，他叫什麼名字？」

「他……啊……」老大從喉管艱難地擠出聲音，旺柴這才放手。

老大跌坐在地上，大口呼吸，旺柴的臉上卻很失望，因為他變成了一個自己都想像不到的人……自己剛剛是在做什麼？拷問？

旺柴搖了搖頭，甩開雜亂思緒，決定還是先完成任務，因為這些人一定不會輕易透露的，之後再叫夜鷹過來推理好了。

「萬尼夏。」

「……」旺柴都已經放棄要走了，卻聽到背後傳來老大的回答。

「那個人的名字叫做萬尼夏。」

「……」旺柴的腦袋突然變得一片空白。

「他跟我們用文字聯絡，大概是三個星期前，我們突然收到他的訊息。」老大娓娓道來，「他問了我們所有人的狀況，給我們附近怪物棲息地的地圖，他說他來自北方，在那裡，我們可以無拘無束地生活，而他可以幫我們取得合法身分。」

「然後你們就相信了？」

「他有給我們看照片、影片。那裡不是廢墟，是已經修復完畢的城市，很大、很漂亮，我們每個人都可以有一個家，走在路上不用再擔心害怕……也不會有人仇視我們，把我們當作異類……」

旺柴想起夜鷹說過的話，是什麼凌駕在恐懼之上？

是希望。

他們對北方的生活充滿了想像，他們希望過得更好、希望有一個家，然後有人……卑劣地利用了他們的夢想。

旺柴現在懂了，這就是現實 Online 的玩法，他必須學夜鷹抽絲剝繭，才能搞清楚自己的敵人是誰。

「旺柴，現在你相信我們了嗎？」老大怯怯地開口。

旺柴覺得現在已經無所謂相不相信了，因為自己以後跟他們不會有交集，他跟夜鷹還有下一個地方要去，但他必須澄清——

「我的本名叫做萬尼夏，萬尼夏．巴克萊雅，我不是北方團體的一員，也沒有傳訊息給你們。還有，城門已經關上了，我不知道有沒有其他管道離開，你們自己看著辦吧。」

說完，他覺得心裡好多了，他跑出大樓，前往資訊中心。

# 第五章

# 又是你！為什麼你又在當大魔王!?

靠著對地形的熟悉，軍方在巷弄戰裡逐漸占上風，怪物一個個倒下。

看到主持人的直播畫面，軍營裡人心動搖。

有人擅自帶隊前往戰區，衝去支援前線，有人堅持沒有上級的命令，不准擅自行動；有人把逃難的老百姓放進來，有人堅持要把門關上。後方的指揮系統大亂，讓擔任本次一級警報指揮官的藍姊十分苦惱。

藍姊心裡其實知道，軍方的發條很久以前就鬆了，因為ＨＵＣ的基地已經很多年沒有怪物入侵，大家都認為高牆後面就是安全的，那也是當年花了大批人力、物力建造高牆的目的，但如今，她身邊已經有議員在吵這整件事到底要誰負責。

藍姊不想跟著打口水戰，她非常冷靜地盯著大螢幕，並偷偷對副官下令，要出去的人就讓他們出去，要進來的人也讓他們進來，指揮部概不追究，同時加強防守指揮部周邊一帶，絕對不能讓此地受到戰況波及。

藍姊看著大螢幕裡，那男人的英勇表現……

她不禁想，這一切該不會都是預謀好的吧？怎麼那麼巧，怪物入侵，夜鷹就回來了？

夜鷹被判處死刑一事，最後因為空拍機壞掉，所以大家不曉得當時發生了什麼事。但就沙母蟲的危險性來說，大家都預設夜鷹與其他犯人都死了，此事已經有了一個交代。

沒想到多日後，定期調查怪物群體的科學團回報說沙母蟲不見了，整群都不見了，原本已經沙漠化的工業區，含沙量有下降的趨勢。

軍方將此情報封鎖，沒有讓一般大眾知道，因為整件事仍有諸多疑點。

藍姊起初以為是巧合，但如今看到夜鷹的表現，是第二個巧合了。

這男人走到哪裡，怪物都會消失嗎？

「他是怎麼辦到的？」藍姊喃喃自語。

※

夜鷹算算時間，旺柴差不多快到資訊中心了，如果中途沒意外的話。

資訊中心在軍營內部，如今的軍營擠滿了來避難的老百姓，旺柴只要混在人群裡就好，問題是如果在資訊中心裡被科學家發現，他知道要怎麼編造說詞嗎？不要傻傻地自報家門啊……

夜鷹有點擔心，而他之所以有餘力去擔心，是因為他這邊的戰況已經逐漸緩解，體型大的怪都打得差不多，體型小的都躲起來了。ＨＵＣ內有很多高樓能提供隱蔽空間，在這種情況下，他不建議把時間浪費在找怪，應該先重整旗鼓，把己方的狀態調整好，或是把怪物趕到某一個區塊，之後再派部隊去清剿。

各小隊都同意夜鷹的建議，既然戰況已經告一段落，夜鷹自願歸還指揮權。

突然，夜鷹的耳機裡響起一個緊急呼救的女聲：

『夜鷹！這裡是維和部隊第七團的愛娃，城門被攻破了！我重複！城門被攻破了！入侵者殺了守門的士兵，他把怪物又放進來了！』

「什麼？」

『他有點……奇怪……』

「愛娃，妳能描述入侵者的模樣嗎？他們有多少人？」

『一……一……啊啊啊啊！』

女聲在一陣慘叫後斷訊，夜鷹急忙帶人趕往城門。

還沒到城門口，才剛見到城牆，夜鷹就看到怪物如潮水般湧入，宛如萬馬奔騰，只有混雜的尖牙與血腥味。

士兵們本能地開槍，與怪物作戰，大家熱血地投入戰鬥裡，因為他們既然贏過一場，就能再贏第二場，大家對此都非常有信心。

夜鷹端著槍卻沒有扣下扳機，因為他在槍林彈雨中看到一個高挑身影緩緩走近。

他怔怔地看著那個人，身體想起了無法戰勝的恐懼。

那個人穿著黑色大衣，下襬像燃燒著熊熊火焰，他有一頭淺褐色的短髮和冰藍色的眼睛。

夜鷹知道自己必須瞄準這個人，往腦袋跟胸膛都射進子彈，但他遲疑了、猶豫了，因為他不知道這個人能出現在這裡，自己所處的這個世界還叫不叫「現實」？

這個人不可能會出現在這裡……

但事實就是他出現了！

「啊啊啊啊！」

一個士兵的脖子被一隻像白色猴子的小型怪纏上，他跌跌撞撞跑到那個人面前。那個人手上握著一把長長的武士刀，只見他手起刀落，士兵的腦袋分家，怪物的身體也被砍成兩半。

一滴血噴到那個人的嘴角，但他大概是不喜歡成年人的血，以一個厭惡的表情擦去。

他跨過士兵和怪物的屍體，怪物從他身邊經過卻不會攻擊他，像沒有看到他似的。他砍倒一隻擋路的怪，朝夜鷹走過來。

夜鷹現在知道愛娃說的人是誰了，就是他——

伊韓亞．貝松里！

是他殺掉城門的士兵，把怪物重新放進來，是他看著人們尖叫奔逃，卻唯恐天下不亂。

夜鷹不解，這個伊韓亞真的是伊韓亞嗎？他會不會是外表一模一樣的超能力者？但超能力者是怎麼避開怪物攻擊的？

「他在哪裡？」伊韓亞拿刀指向夜鷹。

夜鷹二話不說就扣扳機，他使用的是具有高穿透力的狙擊子彈，一顆就能爆頭。

子彈是穿過去了，但伊韓亞只是頭往後仰，過不久就自己仰回來，讓夜鷹看到他額頭上的彈孔正以驚人的速度癒合。

很奇怪，非常奇怪！

夜鷹知道眼前這個人怪怪的，卻說不出哪裡怪！

「你殺了我的主人，現在又想殺我？我之前還不打算對付你的，因為這都是『他』的錯，但現在我知道了，我不能放過你們任何一個人。」

夜鷹又朝伊韓亞的胸口開槍，三顆子彈，足以斃命。

子彈是打進去了，但除了讓伊韓亞的大衣破了三個洞之外，沒有其他效果。伊韓亞低頭看了一眼自己的胸口，嘴角一勾，他甚至沒有流血。

「你知道我來這個世界後，感到最有趣的畫面是什麼嗎？就是你們拚命努力卻得不到回報的樣子，你們為此感到好困惑……就跟我一樣。」

「你為什麼會來到這個世界？」夜鷹冷著臉問。

「這要問你的伙伴，所以我不是說了嗎——他、在、哪、裡？」

夜鷹立刻聯想到旺柴，他絕對不能透露旺柴的下落，「他不在這裡。」

「你們不是形影不離的嗎？」

「你的情報有誤。」

「不。」伊韓亞莫名肯定，「我知道他就在這裡，掘地三尺我也要把他找出來。」

「你的主人是我殺的，你不是應該先找我報仇嗎？」

夜鷹只希望旺柴不要出現……

「要殺你太容易了，我隨時都可以做到。」

「是嗎？」夜鷹故意用嘲諷的口氣，「你殺太多沒有反抗能力的小孩，以致於你忘記怎麼跟大人戰鬥了嗎？」

伊韓亞被刺激到了，但他的身體一有動作，夜鷹就開槍。子彈打中伊韓亞的膝蓋關節、肩膀關節，伊韓亞像斷掉的提線木偶，整個人撲倒在地上。夜鷹心想，如果不能殺掉伊韓亞，至少也要先封鎖他的行動。

伊韓亞趴在地上，夜鷹打算上前察看，但他才剛跨出一步，就發現伊韓亞的手指動了。伊韓亞握住刀柄，整個人像喝醉似的，歪歪倒倒地站起來。他的右腿有點瘸，他低頭一瞥，彎腰把膝蓋裡的子彈挖出來，挑釁地丟到一旁。

夜鷹至此了解到了，是那具身體有問題！

夜鷹不停地朝伊韓亞開槍！

伊韓亞不顧自己的身體被打到，朝夜鷹衝過去，就在他快要跑到夜鷹面前時，面對越來越猛烈的砲火攻擊，他竟後仰下腰，並以一個令夜鷹傻眼的姿勢滑過滿地鮮血，抽刀往上提，要把夜鷹由下而上砍成兩半，夜鷹急忙後退，並以槍身擋住武士刀。

兩個男人近距離面對面……

夜鷹得以看見伊韓亞冰藍色的眼眸裡，還是那麼瘋狂。

「夜鷹！」

夜鷹突然聽到一聲叫喚——不祥的預感應驗了，他一轉頭就看到旺柴和綠水。

伊韓亞也看到旺柴了，兩個人在同一時刻鬆懈，但夜鷹先發力推開伊韓亞，並把槍身當作近戰用的攻擊武器，朝伊韓亞揮過去。

伊韓亞俊美的臉被打到了，整個人往後跌，武士刀也在這時從他手上鬆脫。

夜鷹搶先一步踢開武士刀。伊韓亞兩手空空，攻擊範圍瞬間變小，但他想要把武士刀撿回來，為此，他的身體會有一個方向性的動作，他的手就會伸出來，夜鷹由此判斷出伊韓亞其實並不熟悉戰鬥。

沒錯，伊韓亞有一具很奇怪的身體，打都打不死，他還不知道去哪裡弄來了一把鋒利的刀，他的力氣也大到能把人一刀斷頭，但他沒有足夠的實戰經驗，才會做出錯誤的決定。

伊韓亞不選擇肉搏戰，他的雙手想都沒想到要握拳，雙腳也沒有為了打肉搏戰做準備。他想要先把刀撿回來，因為他非常倚賴外部武器。

雖然不知道他為什麼會變成這個樣子，但他的想法已經被夜鷹看穿了。

伊韓亞為了把刀撿回來，並且太執著於這個目標，以致於在那頃刻間的空檔，他幾乎是毫無防備。夜鷹抓準時機，雙手握住狙擊步槍的側面，身體迴旋一轉，槍身又一次打擊到伊韓亞的臉。

那是一記重擊，伊韓亞被打得撲倒在地，他的表情就像被狠狠甩了一巴掌，卻不明所以。

伊韓亞的左臉頰劃出一條血痕，他以指尖摸過血痕，臉上就像出現了一層會動的凝膠，傷痕自動修復。

夜鷹由此判斷，伊韓亞的身體對攻擊應該是有感覺的，他可以感覺到有東西卡在他身上或出現了他不想要的觸感，不是「無痛覺」。

所以，只要攻擊猛烈一點，或許可以……

伊韓亞欲站起來。這口氣很難忍下去，但夜鷹抓著那個奇怪的武器對他進行連番打擊，越打越用力，他被打得連連後退，連還手都沒時間。

伊韓亞從沒看過夜鷹的戰鬥方式，就連在ＨＵＣ的軍人也很少見到。躲在一旁的主持人意識到這是新聞爆點，空拍機嗡嗡盤旋。

夜鷹的槍身有一道很特殊的斜面，當那一面劃過空氣的時候，甚至會發出「咻咻」的聲音。夜鷹就像雙手抓著一片巨大的刀刃，但這個刀刃沒有刀柄，而是要握著它的側邊，使之攻擊的時候劃出一個圓弧的斜面。

為了讓這個圓弧斜面攻擊得又快又猛，夜鷹旋轉自己的身體，以離心力作為輔助，然而，因為手上還握著一個東西，稍有不慎，若不是這個東西被甩出去，就是他整個人失去重心，這時候，他那雙大長腿就很重要了。

只見他踏出一步，轉身迴旋，再揮出一個圓弧面，伊韓亞又被槍托打出去。

槍身的斜面、棍棒般的槍管以及厚重的槍托對伊韓亞造成面與線的打擊，當伊韓亞被他打得往後退，退出一定距離後，他立刻把槍身倒轉，扣扳機開槍，把伊韓亞打得全身都是彈孔，是點的攻擊。

主持人都忘記掌聲加尖叫了！

他徹底讓旁人見識到了ＨＵＣ維和部隊的本事，以及他為什麼會被稱為第八團最強的狙擊手。

一般來說，狙擊手都是遠程攻擊，但在末日世界沒這回事。

怪說來就來，沒有人管你是遠程還是近戰。

狙擊手是團隊裡最靈活的角色，他們能透過遠程鏡最先看到怪，先發制人，也能像一般步兵一樣深入敵境，更能在近戰的時候保護自己、擊殺敵人。他們可以說是不用隊友就能在戰場上橫著走，是一個非常耐操……呃不，是一個能獨立作業的角色。

然而，狙擊手的養成並不容易，除了體術、技術的訓練，就是這個人的心理素質。

一個十八般武藝都會的角色要將他安排在哪裡？要讓他能發揮實力，又不會搶了別人的光彩，要他配合隊員，而不是隊員配合他，對一個能力、智力都在水平之上的菁英狙擊手來說，他自己能接受嗎？

夜鷹剛好沒有以上問題，所以長官特別愛用。

只見夜鷹揮動槍身，把伊韓亞往上打，又把槍身直立在地上作為支點，對落下的伊韓亞使出一記掃腿。伊韓亞被他踢飛，但他沒有讓伊韓亞飛太遠就又轉動槍托，把人勾回來壓在地上。

他踩著伊韓亞的胸口，將槍口壓在伊韓亞的脖子上，扣下扳機。

砰！

這麼近的距離，伊韓亞的脖子斷了一半。然而，取代鮮血流出的是某種液態金屬，夜鷹至此終於了解到這副身體是怎麼回事了。

「夜鷹！」旺柴跑過來，「他真的是……是那個人嗎？我沒有看錯吧？」

「他是生化人。」夜鷹道。

「生化人怎麼會變成伊韓亞？」旺柴太不懂這個設定了！

「旺柴，問題不是生化人怎麼會變成伊韓亞，是伊韓亞怎麼會變成生化人。」綠水糾正。

旺柴才沒那個耐心慢慢推理，「都一樣啦！他為什麼連在現實世界都要當大魔王！」

夜鷹還來不及喘氣，就先一槍解決空拍機，不讓主持人拍到旺柴，「我們先離開這裡！」

旺柴被夜鷹拉著手臂，但他突然像感應到了什麼而轉頭，正好看到伊韓亞站起來。

伊韓亞扶著自己的腦袋，液態金屬互相連接，很快就將他修復如初。

「我就知道你在這裡。」

伊韓亞不疾不徐，慢悠悠地走向遺落在不遠處的武士刀。

聽到伊韓亞的聲音，夜鷹驟然停下腳步，縱使他心裡知道自己不應該停下來，但他無法對伊韓亞視而不見。他知道自己的攻擊有多猛烈，所以知道當這些攻擊都無效的時候，伊韓亞將會是多麼可怕的存在。

士兵們朝伊韓亞開槍，但這次，伊韓亞沒有蠢到去撿那把刀，他衝到一個士兵面前，一拳打爆了對方的臉。

四周的人潰逃，伊韓亞甩了甩指關節上的血，優雅地笑了。

「你們毀了我的世界，我也要毀掉你們的。」

伊韓亞轉頭望向夜鷹和旺柴，冰藍色的眸子既高傲，又摻著一股難以言喻的興奮之情。

夜鷹差一點忘了伊韓亞是誰……

伊韓亞是ＡＩ，ＡＩ具有自我學習、進化的能力。因此，即使伊韓亞沒有豐富的戰鬥經驗，不懂得善用自己的身體，但是他可以學，而且，他學習的速度將是人腦沒有辦法跟上的快。

伊韓亞朝夜鷹揮拳。夜鷹先推開旺柴，他本來想抓起槍身側面，用槍身隔出兩人之間的距離，避免跟伊韓亞打肉搏戰，但伊韓亞中途改變拳頭的路徑——本來要往夜鷹的臉揍下去的，卻變成揍在夜鷹的上腹部。

夜鷹沒有料到伊韓亞會投出一個變化拳，他的震驚寫在臉上之餘，一口鮮血也吐了出來，噴到伊韓亞的肩膀。

「我說過……」伊韓亞靠在夜鷹耳邊，用低啞的嗓音道：「我要殺你很容易，是不是？」

夜鷹瞪大眼睛，但他伸出顫抖的手，抓住了伊韓亞的肩膀。

「可惜，我不能用魔法了，不然，看到你全身被刺穿的樣子，一定會很有趣。」

夜鷹想起伊韓亞在美麗新世界使用的招數，再想到伊韓亞依賴著外部武器，以及如今伊韓亞發現自己身體的爆發力……

他心裡有個假設。

他艱難地轉動脖子，充滿血絲的雙眼瞪著伊韓亞，嘴角卻如先前那樣，勾起嘲諷的一笑。

「你變成生化人……你怎麼會變成生化人？你是ＡＩ，在虛擬世界裡你可以隨心所欲，所以只剩下一個可能性……你被困在這具身體裡了……」

「……」伊韓亞突然臉頰漲紅，表情變得猙獰。

從伊韓亞的反應，夜鷹就知道自己猜對了，「哈哈……可憐啊～」

伊韓亞怒急攻心。他抓住夜鷹的領口，用力把人甩在地上，夜鷹的背部受到重擊，但疼痛還沒從大腦傳遍全身，伊韓亞就騎到夜鷹身上，老拳落下。

一拳又一拳，紮實地打在夜鷹英俊的臉龐上。

夜鷹單方面被爆打的畫面沒有透過空拍機傳出去，因為空拍機壞掉了，但在場的所有人都嚇得不敢動，因為夜鷹在此場戰役中，不僅是帶領他們收復家園的人，也間接成為了他們的精神象徵。

如今，來了一個爆強的入侵者，夜鷹還打不過這個入侵者，要叫其他人怎麼辦？

夜鷹看上去很狼狽。他無法否認伊韓亞帶給他的恐懼與疼痛，但他嘴角的微笑沒有消弭，半睜著的金色眼眸也沒有絕望，因為他發現伊韓亞的線索了——伊韓亞就像一個糗事被戳破的孩子，內心很不成熟，那將會成為破綻。

在下一拳落下之前，夜鷹突然抓住伊韓亞的手腕。

在那一瞬間，伊韓亞又露出了不明所以的表情，好像不明白自己的力氣明明已經很大了，速度很快了，有善用這具身體了，為什麼夜鷹還有辦法阻擋他？

夜鷹沒有放過伊韓亞的表情，也再度驗證了他的猜測沒錯：伊韓亞不習慣使用生化人的身體，他對自己被困在身體裡的反應很大，這間接證明了……伊韓亞會來到這個世界，可能不在他的預期之中。

局勢逆轉，夜鷹弓起一條腿，用扭轉的力量反撲伊韓亞，並抽出腰間的軍刀，刺入伊韓亞的脖子，把人釘在地上，他看到伊韓亞的武士刀就在不遠處……

旺柴注意到夜鷹的眼神方向，但他離武士刀比較近。

他衝向那把沒有人敢靠近的長刀，想像自己在踢足球賽，用力踢刀柄，把刀子踢向夜鷹。

武士刀被踢起來，在空中轉了幾圈，夜鷹舉起手，正好接到刀，將武士刀刺進伊韓亞胸口，並使出吃奶的力氣往下壓。

武士刀穿過伊韓亞的身體、穿過堅硬的泥土，把伊韓亞像昆蟲標本般釘住。

夜鷹巍顫顫地站起來，撿起自己的狙擊步槍。他望向旺柴，旺柴也在同一時間跑過來扶住他。

「夜鷹，你的傷……」

「我們得快點離開這裡！」夜鷹拉著旺柴的手臂。

「但伊韓亞……」旺柴不放心地回頭看。

伊韓亞的手腳還在掙扎，但那把刀釘得太深，他拔不出來。

「別管他了！」

夜鷹急著帶旺柴走，就是要趁現在城門開啟、士兵潰逃、也沒有鏡頭一直對著他拍的時候。

經此一役，就算ＨＵＣ的高層再蠢，也不會蠢到只顧躲藏了，他們一定會派人出來察看。

旺柴心中仍放不下伊韓亞，但夜鷹叫他走，他沒有理由拖延，「夜鷹，你要先療傷……」

「我沒事。」夜鷹沈穩地道，他的手臂靠在旺柴的肩膀上，旺柴也扶著他的腰。

城門外的視野所及之處已經沒有怪物了，可能是全都跑進城內，不然就是被士兵除掉，或是躲進高樓廢墟裡了。敞開的城門就像賽道終點，兩人一步步向前邁進。

「我不會放過你！」

伊韓亞大喊的聲音傳來。

「你摧毀了我的世界！你毀了美麗新世界！」

旺柴又忍不住回頭看，發現伊韓亞的身體以一種詭異的姿勢扭曲著。他的頭硬要轉向旺柴，他就是要讓旺柴看到他那雙冰藍色的眸子裡，刻滿了怨恨。

「你讓我再也回不去了……我在這個世界上無依無靠，我沒有主人、兄弟，我什麼都沒有……都是你害的！旺柴……不，萬尼夏．巴克萊雅！」

旺柴驟然停下腳步。

「萬尼夏．巴克萊雅，我知道你的父親是艾利希歐．巴克萊雅。」

伊韓亞輕飄飄的一句就讓旺柴動搖，望向伊韓亞。

「他創造了美麗新世界，他創造了我，我知道他在哪裡，你不想見他嗎？」

旺柴鬆開扶著夜鷹的手，夜鷹急忙拉住他。

「伊韓亞很有可能是騙你的！」夜鷹急著道，但旺柴仍輕輕將他推開，他怔了一怔，「旺柴？」

旺柴轉身走向伊韓亞，「你知道些什麼？」

「旺柴！」

夜鷹想拉住旺柴卻失手了，他的身體突然感到一陣劇痛，剛才都沒有這麼痛啊……他按著自己腹部的傷，覺得好像快昏過去了。

「我知道艾利希歐·巴克萊雅是你的養父。」伊韓亞的聲音悠悠傳來。

「他在哪裡？」旺柴走回到伊韓亞身邊。

「他像過街老鼠一樣躲起來了，真難想像他在這個世界被稱作天才。」伊韓亞平躺著，卻瞥了身上的武士刀一眼，「如果你幫我解決眼前的難題，或許，我們能做個交易。」

「你不是想要我死嗎？我為什麼要跟你交易？」

「因為你或許是唯一一個，能讓我回到美麗新世界的人了……」

旺柴這才想起，是他炸掉了美麗新世界的主機伺服器。

在他從維生艙回到這個世界的時候，一股積累已久的能量釋放出來，他不再需要美麗新世界作為永久的牢籠，那美麗新世界也就沒有存在的必要了。

伊韓亞是在他炸掉伺服器之前逃出來的嗎？

「我不知道怎麼讓你回到美麗新世界。」旺柴很老實地說。

「你會找到辦法的……如果誘因夠強大，像是……你家人的下落？」

只見旺柴雙手凝聚起能量，握住武士刀的刀柄，將刀拔了出來。

伊韓亞露出得意的微笑……

伊韓亞好整以暇地站起來，拍了拍自己身上的塵埃，除了一身黑衣被夜鷹砍得亂七八糟，他的皮膚還是白皙如昔。

伊韓亞正要開口，紅唇微啟，當夜鷹正要奔向旺柴的時候，旺柴突然把武士刀插進伊韓亞肚子裡，刀身直直穿過。

伊韓亞的臉色冷了下來，而夜鷹察覺到旺柴的意圖，反而後退。

「你傷害我的隊友，我才不會放過你！」

旺柴發動超能力，把所有能量一口氣打出去，並透過武士刀為媒介，就像把牆面炸掉一樣。他也會學習。

能量化做光，透過穿進身體的武士刀打進伊韓亞體內。伊韓亞的眼睛、口鼻都發出白光，美麗的肌膚出現斑駁裂痕。

光越來越亮，附近的人都睜不開眼，就連夜鷹也不得不抬起手臂遮住視線。

「啊啊啊啊——！」

旺柴加大能量輸出，夜鷹背著光逃跑時，突然一陣衝擊波炸過來，毀了附近的房舍，夜鷹摔倒在地，滾了幾個圈。

白光過後，塵埃落定，旺柴手上的武士刀只剩刀柄。

地上有一具依稀能辨別出人形的金屬骨骼，它的頭被炸斷、身體支離破碎，金屬的表面一直變黑、融化，一邊融化一邊乾掉，最後變成脆化的黑色粉末，風一吹就混合著火星，飛灰湮滅。

終於，結束了……

旺柴吞了口唾沫，把刀柄丟掉，他還不敢相信自己做了什麼。

突然，槍枝瞄準的紅點匯集到旺柴胸口，旺柴還沒察覺到，但夜鷹注意到了。

夜鷹不用多想，身體立刻動起來。他拉走旺柴，讓旺柴躲過狙擊手的子彈，同時，也朝槍手的預估位置開槍。

旺柴被護到夜鷹懷裡，聞到夜鷹身上都是血和硝煙的味道。他不喜歡這個味道，所以他想起夜鷹在為他泡茶的時候，手上會有的薰衣草香氣……

『夜鷹！』

突然，夜鷹從無線耳機裡聽到藍姊的聲音。

『停手吧！』

「不然呢？」夜鷹聲音低沈地反問。

很多輛車開過來，伴隨著救護車的嗡嗚聲。

『不然，很多無辜的人會死。』藍姊道。

「我已經不是ＨＵＣ的人了，不必聽從命令。」夜鷹回答。

『你不是ＨＵＣ的人還來ＨＵＣ，難不成你是入侵者？』

「ＨＵＣ的大門不是對所有人開放的嗎？」

士兵從悍馬車上下來，有的維護秩序，有的聯絡匯報，他們各自執行各自的工作，就是沒有把夜鷹放在眼裡，夜鷹一時都傻了。

藍姊也在這群人之中，穿著野戰軍服的她，胸口別了一個代表指揮官的徽章。她走向夜鷹，夜鷹則把旺柴護在自己身後。

「你能跟超能力者打成這樣，我都不知道誰才是超能力者了。」藍姊來到夜鷹面前，口氣聽不出是嘲諷或稱讚。

她好像不知道伊韓亞是生化人，而是把他當成超能力者，夜鷹也不戳破。

「讓我們離開這裡。」夜鷹道。

「你不用先療傷嗎？」

「……」

夜鷹遲疑了一下，因為他知道自己傷勢嚴重，現在是靠氣勢在撐。

「夜鷹……」

旺柴看到旁邊已經有醫護人員把擔架推過來了，他們也不是只等夜鷹一個人，還有很多醫護人員在搬運傷兵。旺柴心想，這些人應該不是壞人吧？至少他們沒有一出場就說自己是好人。

「不，你們要殺我的隊友，我沒有理由留在ＨＵＣ。」夜鷹持槍對著藍姊。

藍姊舉起雙手，彷彿在表示自己手上沒有武器，雖然她背上明明就揹著一把自動步槍。

「你這位小隊友在我們的領土上製造爆炸，從遠處都可以看到蕈狀雲了，我們還讓他想來就來、想走就走，這才不合理吧？」

「他如果不這麼做，我們都會被殺……」夜鷹瞥了地上殘留的黑粉一眼，「被這個……東西。」

「你們好像認識啊？」

藍姊聽夜鷹稱那東西為「東西」，就覺得夜鷹是在撇清關係。

夜鷹不想耽擱，但現場來了那麼多士兵，憑自己現在的身體狀況，他不認為自己能殺出重圍，「我不知道妳在說什麼，讓我們走就是了……」

「你自己看，」藍姊對夜鷹的態度倒是不以為意。她瞥了地上一眼，夜鷹順著她的視線看過去，「我們用的是麻醉槍彈。我們認為要先壓制住『他』，以防有第二次危害，但在搞清楚他的來歷前，殺掉他是不明智的。這選擇很合理吧？」

藍姊問的是子彈的選擇。

地上殘留的是麻醉針，確實不是狙擊子彈。

「夜鷹，如果你不聽我的話，堅持要開打，你殺的會是現場的無辜士兵，他們跟你無冤無仇。」藍姊跟夜鷹曾經是同僚，她知道要怎麼拿下夜鷹。

「除此之外，你需要療傷，我們的醫療水平是所有生還者組織中最好的，你可以放心地交給我們。」最後一句，藍姊是對旺柴說的。

「……」

旺柴從夜鷹背後走出來，按下了夜鷹的槍口，「夜鷹，拜託，先把傷治好，好不好？」

「我不會有事的。」

「我不會傷害他，」藍姊再三保證，「高層要找他問話，我得把他平安送到，再說……他是超能力者，我們從來沒遇過威力這麼強的超能力者，尤其是在釋放出大量的光能、熱能後，人還站得好好的。」

「什麼意思……？」旺柴不懂對方的意思。

「你不會覺得頭暈、想吐、想睡覺？」

「我很好。」

「我們的科學家說，超能力者釋放的都是自己的生命能量，所以，如果一個超能力者在短時間內大量使用超能力，他的身體會感到虛脫無力。」藍姊上下打量旺柴，「但……你好像沒那個問題。」

「那是對付超能力者的標準程序。」夜鷹沒給藍姊好臉色，因為他太懂這些流程了，「等他們能量消耗殆盡後，再一網打盡。」

HUC不會蠢到去挑釁超能力者，但並不表示他們就沒有遇到超能力者時的應對方式。

「夜鷹，我們可以繼續在這裡爭論，直到我們其中一人因傷勢倒下，或者你可以接受治療，我們也有很多問題要問你。」

「夜鷹……」

旺柴扶著夜鷹的手臂。看到他擔心的表情，夜鷹才同意躺上擔架。

旺柴跟在擔架旁邊，看著夜鷹被推上救護車。隨行的醫護人員拿出很多道具，有人在夜鷹胸前打了筆形的針劑。旺柴也想跟著上車，但藍姊攔下他。

「你跟我過來。」藍姊撇頭，示意旺柴跟她一起搭悍馬車。藍姊身旁有一位持槍護衛，他有意擋在旺柴與救護車之間。

「你放心，活著的夜鷹比死掉的夜鷹有價值。」藍姊道。

旺柴豎起眉毛，擋在他與夜鷹之間的東西他都不喜歡，「那你們還判他死刑！」

「他沒跟你說嗎？」藍姊仍舊顯得不以為然，「夜鷹的死刑不是『我們』判的，是所有人投票決定的，順帶一提，我投他無罪，理由就像我剛才說的，活著的夜鷹比較有價值。」

「……可以這樣嗎？」

「不然要由誰決定呢？那可是很重的負擔。」

藍姊走在前面，救護車的車門關上了，旺柴只好跟著藍姊走。

「有將近一半的人投他無罪，表示有將近一半的人支持他，為了這些人，夜鷹會拚命戰鬥也不奇怪。」藍姊邊說，邊回頭觀察少年的表情。

少年垂下深紫色的眸子，好像若有所思。

「夜鷹從以前就是這樣，不管做什麼都是為了別人，他也不在意軍功，不然憑他的實力，他早就是第八團的團長了。」

「……」旺柴沈默以對。

「你也是其中一個被他保護的人。」

「……」

旺柴心裡有點悶悶的，也不知道為什麼，他現在只希望夜鷹不要有事，在夜鷹恢復之前，他只能靠自己了。

# 第六章

# 陽台上的那人，睥睨的眼神

深吸一大口氣，伊韓亞猛地張開眼睛。

淺褐色的短髮、冰藍色的眼睛、白皙的肌膚如昔，他赤裸地躺在蛹形的培養艙裡。

他坐起身，雙腳從培養艙裡移出，放到地板上。他站起來，兩條長腿站得很直，熟練地將已經備在一旁的浴袍穿上。

他赤腳走在冰涼的金屬地板上，一邊走，一邊將腰帶打結。

走道兩排都是一模一樣的培養艙，裡面躺著一模一樣的赤裸軀體，都是伊韓亞．貝松里。

伊韓亞走到金屬門前，門自動打開。他繼續走，兩旁牆面上的大螢幕正在向他匯報各部門的數據。

自動紡織機配合電腦設計將衣服打印出來，系統正在尋找最符合伊韓亞記憶中的材質與款式。其中一套完成了，一模一樣的暗紅色長袍、暗紅色披風，披風上有金線和珍珠鏽成的複雜圖形，那圖形像流水，也像雪花飄落。

伊韓亞又來到一扇金屬門前，按下門上的感應鈕，門就開了，但當他抬起腳步，跨過金屬門的軌道框，就像來到了猩紅之地的城堡。

黑色的石牆透露出北方山稜的寒意，壁爐裡的火焰卻將熱源如熔岩般擴散，地板上鋪著柔軟的長毛地毯，赤腳走在上面很舒服。

壁爐上沒有掛著壁畫，但壁爐前有一群人或站或坐。

穿著和服外套、淺綠色長髮的阿格沙坐在一架鋼琴前，略帶憂鬱的曲子自動傳出。

小南瓜推著餐車過來，上面的甜點總是能讓阿格沙眼睛一亮。

雷文坐在壁爐前的沙發上，手上拿著一本書，他總是對艱澀的理論有興趣。他認真翻閱著那本書，好像旁邊發生了什麼事都吵不到他。

穿著白色長袍的瑪摩塔跪坐在壁爐前的地毯上，白袍的衣襬攤開，彷彿在他背後開了一朵白色的月季花。

伊韓亞解開浴袍的腰帶，袍子無聲落下，但隨著他繼續往前走，他身上變出了一套暗紅色的長袍，尺寸貼合全身，勾勒出他高挑的身材。

他走過阿格沙和小南瓜身旁，但他們都沒有理他。他走到壁爐前，雷文和瑪摩塔也都沒有抬頭看他。

伊韓亞轉頭，冰藍色的眸子望向陰影裡，火光慢慢展現出那個人的臉龐。

那人坐在扶手椅上，漆黑的長髮高高挽起，穿著灰色的皮草大衣，領口和袖口都有一圈絨毛。扶手椅旁邊的桌子上放著一杯紅酒，少年沒有去拿那杯紅酒，他低著頭，看不見表情。

「主人……」

伊韓亞走向少年。

「我覺得我應該跟您報告一下……」伊韓亞在扶手椅前跪下來，將自己的臉頰靠在少年的大腿上，「我沒有殺旺柴，兩個人都沒有。」

室內除了鋼琴聲，沒有人說話。

「旺柴在這個世界被稱做能力者，他會用魔法，他體內蘊含的魔力非常驚人，還好我躲得快，把自己傳送回來了。他毀了我的軀體，但沒關係，我有好多好多個，而且可以隨時製造出更多……」

伊韓亞不在的時候，這座工廠仍日夜趕工，一模一樣的人形軀殼被製造出來，它們都有伊韓亞的外型。一模一樣的臉龐、一模一樣的身體，它們躺在蛹形培養艙裡，被妥善保存著。這些軀殼剛出廠都是赤身裸體，就像新生兒。

「主人，這具身體真的很特別，我以前用不習慣，但現在越用越習慣了。它可以調整外界的感受指數，同樣的刺激發生在我身上，我可以選擇要感受到幾分的疼痛；它可以調整力氣和速度，我才發現赤手空拳的力道原來這麼強……」

某種程度上來說，是那個叫夜鷹的男人開啟了他的學習能力，這教伊韓亞如何不開心。

就像人類嬰兒從一出生就是一塊吸水的海綿，伊韓亞也在不斷學習，然後，他必須把自己學到的東西展現出來，才能知道自己強到什麼地步。

「這副身體這麼好用，人類卻自願放棄他們的傑作，多可惜啊……但我會好好利用它，我可以駭進這裡的電腦，製造出無窮無盡的『我』。」

幾週前，伊韓亞從培養艙的其中一具軀體裡甦醒，就像一隻從蛹裡爬出來的怪蟲，但他漸漸熟悉了身體的使用方式。這具身體雖然沒有翅膀，但用起來可以非常輕盈，他還從這裡的電腦裡得知了許多事，包括這個世界是什麼樣子。

「我遇見夜鷹了，就是殺掉主人您的男人。我從他身上學到很多，即使還是有我做不出來的動作，但那無所謂，我也不想變成他的樣子，總之我覺得……他是一個很有趣的人。」伊韓亞沒想到自己會用「有趣」一詞。

「被夜鷹說中，我很生氣。他不懂我經歷的一切，那副嘴臉實在太噁心了，我一定要殺了他，否則，我不知道要怎麼讓胸中的這股憤怒平息……」

說著要殺人的話，伊韓亞的表情卻空洞又悲傷。

一雙冰藍色的眼眸彷彿盈滿了水霧，他的怒火讓他不知所措，心也無處安放。

「主人，其實，我有一點捨不得……」

伊韓亞把少年的手掌拿起來，放到自己頭上，因為這樣就像少年在撫摸他的頭。

「旺柴和夜鷹，他們是在這個世界裡唯二知道我是誰的人……如果他們死了，不就沒有人會叫我的名字了？」

他的聲音聽起來也好悲傷。

「我該怎麼辦，主人？」

他抬起頭問黑髮少年，但少年沒有回應。少年不可能給他回應的。

「我找不到您，我感覺不到您，我無法創造您，我感覺不到任何一個人在我身邊……」伊韓亞伸手撫摸少年的臉頰，「大家都不在了，我該怎麼辦才好……？」

當他的手掌碰到少年臉頰的那一刻，房間的模樣慢慢改變。

彷彿褪去了保護色，壁爐和地毯消失了。

琴聲仍在播放，但鋼琴消失了，沙發座椅都變成單調的辦公椅，上面坐著宛如人偶空殼的兄弟們。他們都穿著衣服，伊韓亞卻變得赤裸，因為他本來就沒穿，先前那件暗紅色的長袍不過是虛擬投影。

伊韓亞面前的黑髮少年也坐在辦公椅上，不會動、不會說話，只是一具沒有裝進靈魂的空殼。

「夜鷹說我被困在這具軀體裡了，但他只說對了一半。正確來說，我是被困在這個世界裡了……我好想您，主人……在這裡，沒有人會回應我，沒有人會跟我吵嘴……」他突然好懷念處處頂撞他的阿格沙，「我無法把你們創造出來……」

他說著說著，一滴眼淚從眼角滑落。

「我不想一個人被留下來……！」伊韓亞抱著少年的腰、枕在少年的大腿上，強忍著不讓更多的眼淚掉下來，「您告訴我該怎麼辦好不好？這一次我一定會聽您的話……我不會做出惹您不高興的事了……」

但他已經回不去了。

他沒辦法回到美麗新世界，這都是旺柴害的……

他在微秒之間、在世界崩塌之前逃出來，但不知怎麼地進到了這具軀殼裡。

半晌，伊韓亞收起眼淚，把悲傷壓下去，憤怒也小心地藏起。

「主人，我發現這個世界並非一無是處，它也有美麗的地方，而且，它對我來說是新的。」

伊韓亞吐出輕輕的一句，話音裡聽不出情緒，「在這裡，我可以變成**你**。」

他一眨眼眸，豔紅的嘴唇彎起了一個好看的弧度。

他慢慢站起來，居高俯視著黑髮少年。

如今，黑髮少年也只是一具軀殼，他可以任意「穿」上。

伊韓亞撿起落在地上的浴袍，穿上，一邊走出模擬投影室。

人類曾經在這裡測試生化人之於現實世界的各種反應，他們把現實的場景搬過來，測試生化人碰到各種狀況或不同場合下的人際互動。

人類對生化人做的研究非常詳細，那些數據都保存在電腦裡，但這裡的電腦卻沒有一個強大的ＡＩ管理，就像一間寶庫沒有落鎖，伊韓亞很容易就取得了數據。

伊韓亞來到一個四周都是透明玻璃的實驗室，他不喜歡這樣的實驗室，因為太冰冷了，但這裡一個「人」都沒有，也就沒有人會在玻璃牆的另一邊窺視他。他爬上實驗臺床，側身躺下，閉上眼睛——

電光石火，電流傳送。

數據快速傳送到「另一具」軀體裡。

幾乎是同時間，當伊韓亞再度張開眼睛，已經是一雙深紫色的眸子。

他還是側躺著，但他能感覺到自己的臉頰、全身的觸感都不一樣了。他躺在一張柔軟的雙人大床上，底下鋪著溫暖的皮草。

他慢慢爬起來，一頭黑髮披散在身上。

他拿起放在床頭櫃上的髮帶，隨意將長髮綁起來。他有著少年的身軀和容貌，身上穿著灰色長袍，他下了床，拿起掛在衣架上的皮草大衣，披在背上。

走過猩紅色地毯，打開落地窗門，走到陽台上。

空氣裡傳來北風的凜冽乾燥，灰色長袍的衣襬隨風飄起，露出半截小腿。他伸出一隻手，放在陽台欄杆上，看著這綠意盎然的城市榮景……

爬藤植物與灰色的牆面交錯，彷彿在廢墟裡冒出生命的嫩芽，他所在的位置是城市裡最高的建築物，外觀就像一座城堡。城堡內外都已經修復完畢，房間裡都有乾淨柔軟的床鋪，地上都鋪著地毯，一點也不像末日後會有的景色。

第六章

# 陽台上的那人，睥睨的眼神

城堡外圍的馬路井然有序，路上沒有黃沙遍布，沒有怪物潛伏，也沒有人隨地亂丟垃圾，這裡沒有一棟建築物是危樓。

叩叩，突然有人敲門。

「進來。」他大聲回應。

一名少女走進房間，她的頭髮剪得很短，從後腦勺短到耳後，從背影看去像個男孩，但瀏海有一搓自然捲，俏皮可愛。

少女身穿卡其色的皮衣外套、復古的格子長褲，腳上是一雙便於行動的馬靴。她有一雙明媚的大眼睛，粉色的薄唇乍看之下有些凌厲，但她走到陽台上，看到沐浴在陽光下的黑髮少年，眼神就變得柔和。

「有人看到你站在陽台上，我就推測是你的冥想時間結束了。」少女的聲音略帶雀躍。

黑髮少年慢慢轉過身來，那張臉，完完全全就是吸血鬼王的模樣。

但吸血鬼王在這裡不叫吸血鬼王……

「萬尼夏。」少女這麼叫他。

伊韓亞在三個星期前以這副軀殼來到這座城市，不費吹灰之力就取得了少女的信任。少女是北方超能力者組織的領袖之一，聽說，她失去了記憶。

她不知道自己是誰，清醒的時候只看到自己身上穿著的制服有「市立遠山高中」的校徽，胸前口袋上方繡著學號和名字——程玫婷。

「玫婷。」

伊韓亞用這具軀殼說話，口音也變得跟吸血鬼王一模一樣。他親切地牽起少女的手，少女原本也很開心，但在接觸到他的手指時，臉色卻變了。

「萬尼夏！你的手怎麼這麼涼？快進屋子裡……」

「我想吹吹風。」

程玫婷本想拉走少年，但聽到對方這麼說，只好停下來，「好吧……但你不要感冒了喔。」

「不會的。妳找我有什麼事嗎？」

「你冥想結束了，我就來看看你有沒有什麼需要的。每次你冥想都可以帶給我們遠方的情報，你還修復了這座城市，把它變成我們的家。」

「那是大家努力的結果。」

伊韓亞把少女的手握在自己掌中，並拍了拍少女的手背，態度倒是坦然大方。

「不，是你教我們運用自己的超能力，是你說我們可以成為自己想要的樣子。」

「那有什麼難的……」

伊韓亞面帶微笑，他不知道吸血鬼王有沒有這樣笑過，但當他「穿」著這具軀殼的時候，這裡的人很喜歡看到他笑。

他們都說他長得好看，一雙眼睛像紫色的銀河，長髮烏黑秀亮，嘴唇如玫瑰般紅潤，彷彿天生就是適合住在城堡裡的。人們欣賞他的氣質，說他不會過於嬌氣，總是處事冷靜有智慧、有策略，所以，他漸漸成了謀士的角色。

許多人信服他，他們來找他諮詢，說出了心底話，至於那些不信他的……「伊韓亞」自有辦法除掉他們。

「玫婷……」伊韓亞慢慢收起笑容，嘆出一口氣，放下少女的手，「有一件事我不知道該怎麼跟大家說。」

「怎麼了？」程玫婷皺眉，略有不安。

「我在冥想的時候……看到ＨＵＣ的城門被攻破了。」

「什麼？」程玫婷心裡一驚，卻也非常疑惑，「怎麼會……什麼時候的事？」

「就在今天，稍早之前、幾個小時之前，怪物衝進ＨＵＣ的城門，造成死傷無數。大批軍隊出動才把情況控制下來，但是傷亡不可避免。」

「怎麼會這樣……？」程玫婷聽了就心慌。

雖然她有超能力，但她其實也跟生活在這個世界上的人們一樣，會害怕怪物攻占家園。

「我們這裡會有危險嗎？」程玫婷問。

「危險並非來自怪物，我擔心的是，ＨＵＣ把罪魁禍首指向超能力者。」

「……」程玫婷露出不解的神情。

「ＨＵＣ是一個制度完整的生還者組織，首重軍事，他們有很高的防禦能力，保護基地不受怪物入侵。如今，ＨＵＣ的城門被攻破了，就像有人狠狠打在他們高傲的自尊心上，他們一定會想要找出罪魁禍首，如果找不到的話……」

「就要推給超能力者嗎？」程玫婷有些氣不過，「但這件事真的是超能力者做的嗎？」

「是誰做的不重要，事情都已經過去了，我們也沒辦法倒轉時空。重點是，ＨＵＣ會更加仇視超能力者。」

「那我們……該怎麼辦？」

「那就是我擔心的。」

伊韓亞走進室內，回到溫暖的壁爐前，程玫婷也跟在他身後。

伊韓亞在壁爐前伸出雙手，火光的顏色浸染到他指尖，他的影子倒映在牆壁上，猶如怪物留下畸形的指爪。

「玫婷，我覺得，衝突是避免不了的。」

「那你……打算……」

「我不希望大家死在軍人的槍口下。」伊韓亞看著火光，火光的溫暖顏色掩蓋了他眼底的冰涼，「超能力者在這世界上，是一種很特別的存在。」

他們是天生就能使用魔法的人。

來到這個世界、知道這裡有這樣的人後，自己卻不能使用魔法，教他情何以堪？

所幸，要偽裝成超能力者並非難事，「萬尼夏」在這裡就有兩項能力，一是能透過冥想來窺知遠方的情報，二是所有怪物都不會攻擊他，彷彿看不到他。伊韓亞認為，那跟這具身體有關，因為那不是真正的人類肉體。

「玫婷，我以前就說過了，擁有一項能力，卻沒有使用那項能力就跟沒有一樣，那是在辜負自己的天賦。」

「你說的那些我都懂，但我們不能跟ＨＵＣ正面槓上啊！」

「妳誤會了，我不是要大家去攻打ＨＵＣ，那無異於以卵擊石，但我們需要有自保的能力。其實在我來之前，大家就已經會用超能力戰鬥了，不是嗎？」

但那就像小孩子爭搶玩具，任性地哭鬧、毫無技巧地把對方打倒。

「我們只需要在大家原本就有的能力上精進磨練，加上策略。」伊韓亞轉過頭來，深紫色的眸子望向程玫婷，「不會很難的。」

「嗯……」程玫婷想了一下，「你說的對，我去召集大家，跟他們說你的新發現。」

程玫婷經過伊韓亞背後，走到門前時突然停下腳步。

「對了，萬尼夏，怪物不會攻擊你，那如果是你，能不能偷偷溜到怪物身邊，把怪物綁回來訓練，這樣牠就會聽指令了呢？還是你可以溜進怪物巢穴，把怪統統殺掉？」

伊韓亞先是愣了一下，爾後勾起嘴角。

因為他想起了在美麗新世界裡，在晨光學園的頂樓上，夜鷹拿槍指向一名要跳樓的少女。

程玫婷有著與那名少女一模一樣的臉。

少女會跳樓一定有她的理由，那不是伊韓亞關心的，讓伊韓亞感到有趣的是，美麗新世界裡的少女表情生無可戀，但程玫婷卻能頭腦清晰地問出一大堆，其推理能力跟某人很像。

「妳的意思是，要把我丟到怪物的巢穴，讓我自生自滅嗎？」伊韓亞故意用比較冷漠的口吻。

「咦？不不不不是的！」程玫婷拚命搖手搖頭，那著急的樣子就跟普通的十六歲少女沒兩樣，「唔……我只是在想，如果是你，一定能對怪物造成致命打擊，因為你在怪物面前就是隱形的啊！」

「牠們一爪子劈下來，我還是會死。」

「對不起，萬尼夏，你生氣了嗎？」

伊韓亞搖頭笑了笑，「沒有，但妳可以想到的方法一定也有人想過，畢竟，這是最好利用我的方式。」

「萬尼夏……我……我沒有想要利用你……」

「我說過，只要掌握到棲息地和習性，怪物就不是最大的威脅。」伊韓亞收回手指，從壁爐前轉過身來，面對程玫婷，「我跟妳一起過去吧，讓大家知道HUC的慘狀，就會意識到提高我方的防禦力有多重要了。」

「嗯！」程玫婷點點頭，「有你出面，那是再好不過的了！」

※

旺柴前面是藍姊，後面是兩名持槍士兵，他被包夾在中間，走在長長的走廊上。

藍姊帶旺柴來到一間會議室，「你要喝點什麼嗎？」

「不用了。」旺柴冷冷回應。

「我幫你倒杯水。」

藍姊說完就離開，留下兩名士兵站在門邊看守。

旺柴打量著室內環境……

美麗新世界的背景設定偏向中古歐洲，因此有城堡、噴水池、小鎮那些的，他自己家裡也有許多復古的家具，但HUC是一個完全現代的場所，有高樓大廈和用鐵絲網圍起來的軍營，會議室是一個簡陋的大房間，四面都沒有窗戶，可折疊的長桌排成一個「ㄇ」字型，旺柴在邊角的一張辦公椅坐下。

他觀察那兩名士兵的表情，發現他們都沒有表情。

真無聊……

旺柴才這麼想，會議室另一邊的門就打開了，不是旺柴進來的這一邊，是對面的門。兩男一女魚貫走進，藍姊走在最後面，替眾人把門關上。

一個男人穿著軍官制服，看起來五十多歲，制服上別著很多徽章，夜鷹都沒有那樣。旺柴推測這個人一定位階很高，可能是藍姊口中的「高層」，而且這個人也走在最前面。

第二位是個女人，比走在前面的高層年輕一點點，大約四十多歲，她穿著西裝套裝、頭髮留到肩膀，但她把瀏海統統梳上去，給人精明幹練的感覺。

第三位是比前面兩位都年輕的男人，可能三十多歲，穿著白襯衫、黑長褲，髮線有點高，是唯一一個面帶笑容的人，也是唯一一個沒有配掛武器的人。

第一個男人揹著自動步槍，第二個女人腰間配掛著手槍，藍姊和士兵都有槍就不必說了，因此這一個和別人都不一樣的男人特別引起旺柴關注。

男人注意到旺柴的視線，馬上回以一個燦爛的微笑，旺柴不禁愣住了。

「你的名字呢？」中年女人是第一個坐下的，她坐在旺柴對面，開口便問。

旺柴馬上豎起眉毛，想起夜鷹的勸告，他不會亂透露自己的身分，「在問別人的名字之前，不是應該先報上自己的名字嗎？」

中年女人訕訕一笑，「不好意思，是我失禮了，我是HUC的衛生福利部長，車慶媛。」她說完便比向坐在自己右手邊的軍官，「這位是軍部的黃上將。」接著比向自己左手邊的男人，「這位是新上任的議員，我們都叫他……」

「小熊。」男人笑著接話，「因為我喜歡熊熊。」

「呃……」旺柴眨眨眼，有些不知所措。

小熊的襯衫領口別了一個徽章，正是一隻粉紅色的布偶熊，他親切的態度讓旺柴覺得自己也應該親切一點才對，臉上的表情也沒那麼戒備了。

「你、你好……」

「如果不是因為不能隨便接觸超能力者的標準程序，我真想過去跟你握手。是你給了入侵者最後的致命打擊，對吧？你的招數超厲害的！」

「哈哈……」旺柴被誇得很不好意思。

「謝謝你的介紹，小熊先生。」車慶媛故意用敬稱來取回談話主導權，並看向旺柴，「你就是巴克萊雅博士的兒了吧，萬尼夏．巴克萊雅？」

「……」旺柴立刻拉緊嘴巴拉鍊。

「我以前也在遠山空軍基地工作，跟你父親是同事。」

旺柴聽到這句話，表情明顯動搖了，「妳認識我爸爸？」

「你跟你父親沒有血緣關係，長相不像，但一見到人就瞪眼的表情倒是滿像的。」

車慶媛連自己是養子都知道……

「妳知道我爸爸在哪裡嗎？」

「我倒是希望你來告訴我們巴克萊雅博士的下落。」

「他不在ＨＵＣ……？」

車慶媛搖頭，「他沒有回到基地，我們在中途就跟車隊失去聯絡了。」

旺柴想起那條有裝甲車翻覆的馬路、路口銜接著斷掉的高架橋，他和夜鷹不知道為什麼就是假定博士還活著，所以，他們沒有在那一帶徹底搜索過，如果在橋下或哪一輛車子底下有博士的遺物呢……？

「八年前，我接到博士被警察逮捕的消息，起因是有民眾報案，博士家傳出爆炸聲響。警察趕到的時候，張綠水已經死了，博士跪在張綠水身旁束手就擒。我方還沒有行動，綠洲集團的律師團就出動了，他們無論如何都想把博士弄出來，卻受到另一派人馬的阻攔。」

旺柴想起自己與夜鷹在看監視器畫面的時候，都沒有看到「另一派人馬」，但是他們不清楚來龍去脈，因此搜尋的都是博士的畫面，如果這些人是為了博士而來，卻沒有跟博士接觸的話……

糟糕，這比他想像中複雜，他需要推理系的夜鷹！

「當年，綠洲集團正在打一個很大的官司，巴克萊雅博士殺掉張綠水的新聞明顯會對綠洲集團不利，所以，律師團無論如何都要先把消息封鎖，並把博士弄出來。可惜的是，他們的王牌律師剛好出差，第一場交鋒就敗下陣來，博士在警局待了一個晚上。」

車慶媛以冷靜的聲音，訴說著旺柴難以想像的過去。

「也就是同一天傍晚，我們軍方偵測到大氣中有不明的輻射物，數值很驚人，我們需要博士緊急回來研究，所以第二天我們也出手了。是我下令讓軍人進到警局，把資料帶給博士看。」

旺柴記得，有軍人遞給博士一個平板，博士看過後馬上跟他們走了，

「也就是在第二天，世界毀滅了。一開始是停電、電子儀器損毀、怪物突然冒出來，我下令將博士護送到遠山空軍基地，但一直沒有接到回報。當時的狀況很混亂，我也無法派多餘的人手去找他。」

旺柴不怪車慶媛，因為他從悍馬車下來的時候，看到軍營裡收留了很多人。如果當時的狀況比現在還慘，要一邊跟怪物作戰一邊救人，的確不會把生死未卜又不知下落的博士排在最優先。

「最近的狀況比較穩定了。」車慶媛繼續用冷靜的聲音道：「我們發現怪物數量有下降的趨勢，最明顯的就是東邊有一個工業區，那裡的沙母蟲全部消失了。雖然不知道原因，但是怪

物的數量下降，就意味著我們用於作戰的人手可以減少，那或許有機會重啟博士的計畫。」

「哼！無稽之談！」黃上將粗聲粗氣地道。

車慶媛看向他，一絲不苟的表情裡皺了一下眉頭，「那或許是讓人類致勝的關鍵。」

「妳問問他，看他願不願意配合！」黃上將指向旺柴。

旺柴一臉疑惑……

車慶媛解釋：「巴克萊雅博士當年在遠山空軍基地是超能計畫的主導者，那是一個將普通人變成超能力者的計畫，我們正在考慮重啟。」

「你們不是討厭超能力者嗎？」

車慶媛竟笑了一下，笑容裡隱隱有些不屑，「你從哪裡聽來的？」

「大家都這麼說……」

「ＨＵＣ反對超能力者的前提是，超能力者不可控。如果是我方士兵成為超能力者，在可控的前提下，我們不會反對。」

旺柴看得出來，車慶媛不是一個會固執地站在某一個立場的人，那麼，把超能力者集中燒死的消息可能與她無關。

「如果不是你——！」黃上將瞪著旺柴，「我們老早就完成那個鬼計畫，也不需要巴克萊雅博士了！」

旺柴不懂這個人的敵視從何而來，因為自己是超能力者嗎？

「我贊成巴克萊雅博士的立場，不能對超能力者施以非人道實驗。」車慶媛道。

「你們在說什麼……」旺柴隱約感到不安。

「要把普通人變成超能力者，即使這些人都是經過鍛鍊的士兵，過程中仍有很大的風險。我們對超能力者的研究並不充足，主要是我們沒樣本，博士堅決反對在違反當事人的意願下進行研究，簡單來說，他不准我們動你。」

「咦……？」

「除了巴克萊雅博士，你同時也是張綠水的養子，沒有人會想跟綠洲集團槓上。」

聽了車慶媛的話，旺柴不禁想，如果他不是博士的養子，也沒有綠洲集團的背景，而是一個無依無靠的孤兒，那在面對軍方勢力的時候，自己是不是就無法平起平坐了？那感覺有點可怕。

「不過……」車慶媛話鋒一轉，看向旺柴的眼神少了些冷漠，「今天被超能力者這樣一搞，我們的人力、物力要好一段時間才能恢復了。現在會以救治傷患和修復城市為主，培養超能士兵並收復國土的計畫要暫緩了。」

「你願意留下來嗎？」小熊突然打了個響指，笑得露出一口白牙，「你可以當我們的特聘保鏢，有你在，就抵得過整支軍隊了！我們還需要軍人幹嘛？」

黃上尉和藍姊的臉色頓時變得很難看，車慶媛倒是不以為意，甚至趁拿起杯子喝水的空檔瞥了個讚許的眼神。

旺柴不知道這些人在打什麼算盤，但他不用推理也能察覺到，這些人都有各自的立場和派系，雖然都被統稱為「高層」，但高層不是只有一個人。

「我們沒有這個打算。」旺柴據實以告，因為他覺得這沒什麼好隱瞞，「等夜鷹療傷完，我們就離開。」

「啊啊～為什麼要走呢？」小熊像孩子一樣噘起嘴，「你明明那麼厲害，很有利用價值。」

「什麼？」

「不是嗎？」小熊的眼神直率，態度坦蕩，「黃上將說要拿你來做實驗，但在我看來，你就是最厲害的超能士兵。」

「我哪有說要拿他……」黃上將講到一半就瞥了旺柴一眼，似乎對旺柴有所忌憚。

「我們請一個厲害的人當保鏢、給他合理待遇，我們的生命安全受到保障，他也能獲得報酬，這樣不是對我們雙方都好嗎？」所以，小熊才敢用一副理所當然的口吻，也不把「利用」當成負面的詞彙。

旺柴有點被說服了，他對小熊的印象還不錯，但他跟夜鷹已經有接下來的目標，所以他並沒有改變初衷。

「不行，我跟夜鷹已經決定好了。」旺柴果斷拒絕。

「好可惜喔……」

「小熊先生、黃上將，萬尼夏不是軍人，他頂多是頂替巴克萊雅博士的客人。」車慶媛一發話，左右兩邊的男士都安靜下來。她看向旺柴，道：「你知道巴克萊雅博士的研究嗎？超能計畫？」

「嗯。」旺柴點頭，「知道一點。」

「你能接替博士的位置嗎？」

「啊？我？」

「巴克萊雅博士是百年難得一見的天才，他的養子也不會差到哪裡去吧？」

「呃……」對方根本太高看他了！

「不然你就像小熊先生說的，留在ＨＵＣ當保鏢，你跟夜鷹能一起留下來，我們不會虧待你的。」

「不行，絕對不能讓『魔王萬尼夏』留下來！」黃上將氣得拍桌，「他就是世界毀滅的元凶，你們居然想讓凶手留下來，腦子壞掉了嗎？」

「那個啊……哈……」小熊聳肩，一副很無奈的樣子。

「那不是軍方為了穩定民心編出來的藉口嗎？」車慶媛直接爆料。

「……」黃上將的臉色一陣青一陣白。

「因為沒有人可以回答世界毀滅的理由，軍方為了團結士氣，必須拉出一個共同的敵人。」

「現在不是共同的敵人了！」黃上將試圖扳回一城，「我有線報指稱，北方的超能力者中，出現了一位自稱『魔王萬尼夏』的人，他就是毀滅世界的……呃……」

「……」旺柴挑眉，等著看戲。

車慶媛和小熊也等著看下去。

假設北方有一位魔王萬尼夏，那現在坐在他們面前的少年是誰？

「你！就是你！你會瞬間移動的法術！」黃上將用右手食指指向旺柴，旺柴只覺得這個人很沒禮貌。

「我不會瞬間移動，但我可以把這間房間炸了。」

「你……！」

「那態度跟巴克萊雅博士很像。」車慶媛開口緩頰，「博士最討厭有人不分青紅皂白就指責他，他也最討厭時間限制，如果有人問他這個什麼時候會完成、那個什麼時候要截止，他會大聲說：不知道，做不出來就是做不出來，再催也沒用。」

車慶媛談起博士的過去，反倒讓旺柴不生氣了，因為那都是旺柴沒聽過的事……

車慶媛成功點起旺柴的好奇心，也轉移了雙方的注意力。

旺柴也發現了這個人的厲害之處，她絕對不是自己三言兩語就能擺脫的。

「我想去看夜鷹。」旺柴起身，並朝三人慎重地點了個頭，「謝謝你們讓夜鷹療傷，但我們都沒有留下來的打算，也跟北方團體沒有任何關係。」

旺柴看了黃上將一眼，對方仍氣呼呼的。

「我們是為了找到博士才出來旅行。」旺柴補充道。

「如果找不到呢？」車慶媛問，「已經八年了，我們都沒有他的下落。」

「那我們就回家。」

真正說出這句話時，旺柴才發現，它沒有想像中難。

他突然好想回家，回到那個有兩人一起努力、變得更好的地方……

不對，是三人，因為還要加上綠水，不然綠水一定會抗議的。

「可以帶我去找夜鷹了嗎？」旺柴問向眾人。

車慶媛給了藍姊一個眼神，藍姊立刻打開會議室的門。

「萬尼夏……」

臨走之前，車慶媛叫了一聲，旺柴回過頭來。

「張綠水是一個很好說話的人，你這點跟他很像。」

旺柴心裡有疑惑，但他想，也許這是唯一的機會了，「妳跟我兩個爸爸很熟嗎？」

「他們的婚禮在當年很受矚目，雖說同性婚姻很早就通過立法了，但巴克萊雅博士做過很多發明研究，是一個能為綠洲集團帶來龐大利益的男人。他和綠洲集團的繼承人結婚，很難不讓人聯想啊……」

「他們……」旺柴不想表現出太有興趣的樣子，但他就是很有興趣，「他們感情好嗎？」

「私人的事我不方便評論，但博士的辦公桌上一直有一張家人的照片，是張綠水和兒子在月季花牆下拍的。」

旺柴記得那張照片……他把那張照片放在張綠水的墓碑前。但他剛從美麗新世界出來，看到那張照片、記憶慢慢恢復的時候，沒注意到一個很重要的問題：那張照片為什麼會在那裡？

照片擺放的位置，是在存放維生艙和美麗新世界伺服器的地下室，那裡也是博士的實驗室，綠水就是在那裡誕生的。

照片會擺在博士的辦公桌和實驗室，是不是代表，博士在工作之餘都不忘了家人呢？

旺柴現在只想趕快見到夜鷹，告訴夜鷹這些新情報！

# 第七章

# 這個沒救了，直接電死！

「醫生，病人血壓脈搏異常，指數不斷升高——」

「先把血壓降下來，不然他的腦血管會爆掉！」

「是！」

「醫生，病人的白血球數量急遽上升，感染指數上升——」

「啊啊等一下，那個先別打，不然會休克！」

「可是血壓……」

「醫生，病人的發炎反應從傷口不斷擴散。」

「消炎藥呢？」

「已經打了，沒有效！」

「加大劑量，能打的都給他打下去！注意血壓脈搏，傷口的縫合狀況呢？病人還在出血嗎？」

「傷口縫合中，出血已控制，但是醫生，發炎的速度太快了，幾乎是肉眼可見，就好像有什麼東西……在他體內……」

「別胡說，X光片什麼都沒有！傷口化驗的結果出來了嗎？」

「還沒。」

「醫生，病人的血壓降不下來，再這樣下去可能會有永久性風險……」

「大腦裡有出血嗎？有腫塊嗎？」

「掃描結果顯示無！」

「夜鷹……你是我們基地的英雄，我們一定會治好你的，你也要撐下去……」

「醫生，化驗結果出來了！是新型病毒，資料裡沒有紀錄……」

在那一瞬間，所有的醫護人員都愣住了。

每個人的表情從焦急變成了恐懼，他們不約而同地望向躺在手術台上的男人。

男人上半身的衣服被脫掉了，他雙眼緊閉、胸口不斷起伏，手指也微微顫抖，種種跡象都顯示他沒有完全進入麻醉狀態，但這不是醫生們故意趁他沒有麻醉的時候動手術，而是麻醉藥都打了卻無效，他們只能跟時間賽跑，能做多少算多少。

如今，聽到化驗結果的眾人，都在等著主治醫生的命令。

「這個沒救了，通報上去，叫化學兵過來消毒，大家……準備好被隔離十四天吧。」

「醫生……」

「傷口縫好就出來，輸液上一上，把他送到隔離病房。」

管線的咻咻聲、儀器的嗶嗶聲、很多人說話的聲音，夜鷹在半夢半醒間，聽著身邊有無數種噪音，卻分辨不出那些聲音在講什麼。

他覺得自己像被困在一具軀體裡，高燒不退，全身動彈不得……

他眼前閃過很多畫面。

意識朦朧之間，他覺得自己彷彿回到了猩紅之地的城堡，他還記得這一關的劇情是要打倒吸血鬼王。但是吸血鬼王在哪裡呢？他到處都找不到。他來到城堡裡最大的一個房間，一進去就聞到玫瑰和紫丁香的香味……

房間連接著一座視野廣闊的陽台，他撥開薄紗帷幕，看到陽台上站著一個高挑的身影。那個人穿著暗紅色的長袍，就像雪地裡的一朵玫瑰，他淺褐色的短髮露出後頸，轉過頭來，冰藍色的眸子涵蓋著冰冷的視線——

「你為什麼要救我？」

是伊韓亞！

「你想要我做什麼？」

夜鷹不知道這個伊韓亞在說什麼，他也搞不清楚自己為什麼會來到此地，但他本能性地持槍對著伊韓亞。

畫面突然改變了，他看到自己持槍瞄準的對象變成了一名黑髮少年，少年穿著灰色皮草大衣，深紫色的眼珠盯著他。夜鷹想起這個人是吸血鬼王，他玩過這段任務副本，場景也變成了城堡的覲見大廳，他想起自己與吸血鬼王對戰過。

但是……

仔細一看，吸血鬼王的眼神變得柔和，嘴角的線條沒那麼剛硬了——吸血鬼王的臉變成了旺柴的臉，根本就跟旺柴長得一模一樣！

他降下槍口，四周燃起紫色的火焰。

吸血鬼王面帶微笑，緩緩走向他……

他看到旺柴就放鬆了警惕，把槍揹著。他想起旺柴之前看到他的時候，曾熱情地撲到他懷裡，當時他嚇了一跳，但現在不一樣了，他希望眼前這個穿著皮草大衣、黑髮的旺柴也能撲過來抱他。

少年真的這麼做了。

他走過來抱住夜鷹，但就在他抱到夜鷹的那一刻，他變成了八歲的小男孩。

夜鷹想起自己學生時代，也曾跟一個男孩這麼親近過。

畫面又改變了，場景變成在公園，張綠水拖著菜籃車、牽著一個黑髮小男孩。男孩臉蛋圓潤，卻有著桀驁不馴的表情，剛開始他們像敵人，男孩朝他丟石頭，張綠水還得道歉。但漸漸地……幾次見面下來，男孩跟他熟稔了，會在見到他的時候對他笑，並撲過來叫他——

「智源哥哥！」

他張開雙手蹲下來，接住男孩，男孩會撲進他懷裡，像小狗一樣磨蹭。

他們一起去公園玩，他幫男孩推鞦韆，男孩瘋叫著「再高一點」、「再快一點」，張綠水則坐在一旁的長椅上，微笑地看著他們。

男孩笑著很開心，他也覺得很開心，課業上有什麼壓力都在這一刻忘光了。他可以不去補習，但他不能錯過和男孩在一起的時光，因為和這孩子在一起是最快樂的……

張綠水買冰淇淋給他們吃，三人一起坐在公園的長椅上。男孩吃著自己的，卻一直看著他手上的，最後竟直接把頭湊過去，大口含住。張綠水向他道歉，但他一點都不在意。他拿出衛生紙幫男孩擦嘴巴，男孩笑得露出門牙。

「不要不要，我不要回家！嗚啊啊啊……」

「好了，萬尼夏，智源哥哥要回家了，人家要回去唸書寫作業，不像你可以天天玩，好了，放手！」

「我不要……我不要啦……嗚嗚嗚……」

每次要分別的時候，男孩都會抓著他的腰，讓他沒辦法走路，不管張綠水怎麼勸都沒有用。張綠水嘆了口氣，既尷尬又無奈，他是一個不會打孩子的父親，但孩子當著大庭廣眾下哭鬧，總括是不怎麼好看。

「好了，我們也要回家吃晚飯了，萬尼夏，放手！」

「不要不要……」

看到男孩的小手一直抓著自己的制服，他心中湧起一股異樣的情感。

那是優越感，因為這孩子居然這麼需要他、重視他，讓他覺得自己彷彿被肯定了。

他的價值可以不用靠成績來評定，沒有人會為他打分數或者貼標籤，只有當這孩子抓住他時，他願意為他做任何事。

所以現在，他才會說什麼也要保護他……

他握住男孩的小手，讓孩子自然鬆開他的衣角，他蹲下來與男孩平視，並抹去男孩臉上的淚花，「萬尼夏，我要回家了，但是我們明天還是可以見面啊。」

「不要不要！」男孩大力搖頭，哭得好可憐。

他繼續用溫和的語氣道：「你聽我的，回家好好吃飯，洗個澡、睡個覺，明天我們才有精神一起玩。我答應你，一定會來找你。」

男孩露出疑惑的眼神……

「萬尼夏，我一定會找到你。」

他想起來了，自己與男孩的承諾。

世界毀滅的那一天，他還來不及去公園找到男孩，他才剛放學，天邊就突然出現閃光——

然後什麼都亂套了。

「我一定會去找你，我一定會找到你！」

「智源哥哥？」

「萬尼夏，你再等我一陣子，我一定會回到你身邊。」

「醫生，病人恢復意識了！」

※

旺柴前往醫務室的路上，也是由藍姊在前面帶路，兩名持槍士兵走在後面。

軍營裡有一個專門的醫療單位，是為軍人治病的，軍營外有一間醫院才是為一般民眾治病的。因此，即使軍營內目前收留了許多老百姓，但他們要療傷還是得由醫院派人過來處理，而非送進軍營內的醫務室。

可以說，軍方在物資的分配上涇渭分明。

醫務室光從名稱聽起來，像是一個小型的附屬單位，但藍姊推開雙向門，旺柴才發現它跟醫院急診室沒差多少。它的空間很大，病床排了兩排，醫護人員忙進忙出，有的士兵已經包紮完畢，有的還在哀嚎。

藍姊稍微看了一下，沒在病床間看到夜鷹，她用眼神示意那兩名持槍士兵，要他們看好旺柴，她自己則是走到櫃臺前詢問。

旺柴不願乾等，他撥開士兵的槍口，跑到藍姊身後，「夜鷹呢？」

藍姊手上拿著一個平板，看到螢幕裡的資料，她一時不知該怎麼跟少年解釋。

「夜鷹在哪裡？」

「你跟我過來。」

「……」旺柴半信半疑地跟著藍姊走。

藍姊帶旺柴從另一扇門出去，彎進一條冰冷的長廊。他們漸漸聽不到傷兵的哀嚎和醫護人員匆忙的呼喝聲，那兩名持槍士兵也沒有跟來。

「我們要去哪裡？夜鷹怎麼了嗎？」旺柴跟在藍姊身後問。

「問題有點複雜……」

「到底是怎樣？」

「夜鷹在隔離病房，他的狀況已經通報上去了。」

「啊？為什麼？」

旺柴加快腳步，走到藍姊身邊，雖然他瞄到了藍姊手上平板的畫面，但他看不懂上面的數據。

「我希望你看到他的樣子後，超能力不會失控，不然我不會讓你見他。」藍姊突然停下腳步，旺柴也停下來，「你必須保證你不會對在場所有人不利。」

旺柴有點生氣，都什麼時候了還……但他也意識到情況不對勁，現在不容許他任性。

「好啦！我保證！妳可以讓我見他了嗎？」

藍姊在一道感應門前刷下識別證。

門開了，旺柴聽到機器管線的咻咻聲。

門後是監控室，一位年輕醫生坐在電腦前，他看到藍姊進來，立刻起身。監控室有一面強化玻璃，玻璃後才是隔離病房，旺柴跑到玻璃前，看到躺在病床上的夜鷹。

夜鷹戴著呼吸器，但他卻像喘不過氣來似的，胸口劇烈起伏。他的腹部纏著繃帶，胸前貼著一堆電線接到儀器裡，病床兩邊都掛著點滴，藥液一直流進他體內，他卻不見好轉。他臉色蒼白，額頭冒汗，雙手手指會不自覺抽動，好像很痛苦的樣子。

「夜鷹……」

旺柴看了，突然一陣鼻酸，眼前的畫面帶給他無比的震撼，好像他心裡有什麼支柱倒塌了，讓他也險些站不住腳。

「主治醫生呢？」藍姊冷靜地問，「現在是什麼情況？」

「主任跟他的團隊都去自主隔離了。」

「他們有被感染的症狀嗎？」

「沒有，但主任說，他不能去醫治別人，他擔心會有把病毒傳出去的風險……」

「是什麼樣的病毒？傳染率高嗎？」

「不清楚，但這是標準程序……」

「夜鷹為什麼會變成這樣？你們對他做了什麼？」旺柴大吼。

藍姊用力把平板拍在桌上，小醫生被嚇得縮到一旁，「你知道造成士兵死亡率最高的是什麼嗎？不是超能力者，不是怪物，是肉眼看不見的敵人，你知道那是什麼嗎？」

「什麼？」旺柴想像不到。

「你不知道還敢在這邊大小聲？你以為我喜歡看到夜鷹這樣？」

「不是你們做的，還會是誰？」

旺柴的頭髮微微飄起，手上匯聚著能量。

小醫生嚇得躲到桌了底下，藍姊卻雙手交叉抱胸，臉色陰沈。

「病毒。」藍姊道，「就是病毒。」

「……？」旺柴聽不懂。

「世界毀滅後，出現了很多怪物，目前科學家還不清楚是這些怪物本來就帶有病毒，還是牠們到處亂鑽、到處亂吃，才把病毒都翻了出來。病毒可能跟怪物相安無事，但人類跟怪物作戰，人類的身體出現傷口後，這些病毒就容易從傷口跑進人體，進而造成感染。」

藍姊把小醫生抓出來，指著電腦，要小醫生把數據叫出來呈現在螢幕上。

「夜鷹身上有很嚴重的發炎反應，他的外傷都處理好了，但病毒攻擊的速度很快，沒有人知道他可以撐到什麼時候。」

「妳不是說你們的醫療水平很好嗎？快點治療他啊！」

旺柴才不想聽那麼多，他現在很生氣。

藍姊瞪著旺柴，「病毒沒有特效藥，更何況，這是沒有紀錄在案的新型病毒。」

「那他身上那些是什麼？」旺柴用力指向病床，夜鷹都快被插成針包了。

藍姊將目光轉向小醫生。

「那那那是……只是讓他舒服一點的輸液……主任在進隔離之前有交代用藥，我們已經把所有的消炎藥都試過了一遍，都都都沒用……我我我還在實習……」

小醫生不想捲入軍人和超能力者的戰鬥，他希望他們可以去外面鬥。

「把門打開，讓我進去！」

「呃……」小醫生無法做決定。

「我要進去！」旺柴右手握拳。

他的拳頭裡捏著光亮，眼看他就要一拳打向玻璃的時候，藍姊抓住了他的手腕。

「你是不知道什麼叫『隔離病房』嗎？」藍姊抓著旺柴，往後一甩。

旺柴趔趄幾步，光亮從他手心消失。

事發突然，藍姊來不及拔槍，「你答應過我，不會讓超能力失控。」

「我沒有失控。」旺柴重新握緊拳頭，拳頭縫隙裡出現光亮，「我很清楚我在做什麼！」

「如果你炸掉病房，受傷的不會只有我們，病毒會飄散出去，你知道那會造成多大的風險嗎？」

「那你們要治好他！跟我保證你們會治好他！」旺柴說他知道自己在做什麼，但他明顯控制不住胸中的怒火，「不是說我是毀滅世界的魔王嗎？如果你們治不好，我就讓世界毀滅第二次！」

「你這樣跟不講理的小孩子有什麼兩樣？」

「我本來就未成年！」

「……」藍姊沒想到自己有一天還得哄孩子，「夜鷹會想看到你這樣嗎？」

「妳少拿夜鷹來壓我！」

「那我只好制伏你了，這次，可沒有麻醉彈……」

藍姊抄起自動步槍，旺柴雙手握著紫色火焰，小醫生則躲在桌子底下瑟瑟發抖，就在雙方劍拔弩張的時候，一個光圈出現，一條白皙的手臂從光圈裡伸出，擋在旺柴和藍姊中間。

那條手臂十分做作，纖細的手指頭擺出了像在跳舞的蓮花指。光圈慢慢擴大，一位綠頭髮的美人從光圈飄出，伸了個懶腰，還更做作地打了個哈欠，頓時讓氣氛的緊張度降到零。

旺柴超無言的……

「世界毀滅我是不在乎啦，但我有義務讓旺柴冷靜——旺柴，你冷靜！」某ＡＩ又是出一張嘴。

「……」旺柴深吸一口氣、吐氣。

多虧綠水，他確實冷靜不少。

「你是……張綠水先生嗎？」藍姊降下槍口，她和小醫生都看得目瞪口呆。

綠髮美人就像鬼魂，會飄來飄去又有點半透明（他可以自行調整成像程度），他穿著的白色長袍開岔到大腿，胸前戴著成串的鑽石項鍊，好閃，真的好閃！

「哼，沒看過美人嗎？」綠水雙手交叉抱胸，長腿也在空中交疊，飄好飄滿。

「這到底是……張綠水還活著嗎？可這講話的口氣怎麼……」藍姊被搞糊塗了，「我印象中的張綠水是一個很溫和的人……」

「妳這個快四十歲還嫁不出的老姑婆，竟敢拿槍對著我的小主人——旺柴，這個直接電死！」

「張綠水絕對不會說這種歧視的話。」

藍姊再次肯定，這不是鬼魂。

旺柴對綠水的雙重標準感到無言，「你剛剛不是還叫我冷靜嗎？」

有旁人在的時候，綠水都會關閉ＡＩ投影，設為待機狀態，但他仍可以監測旺柴的身體數值和外界的聲音。簡單來說，他就像「躲」回手環裡，等待旺柴召喚。

這是為了省去麻煩，以免有人因為綠水的外型或超級ＡＩ的存在聯想到巴克萊雅博士，進而揭露旺柴的身分。

更省力的原因是，不會讓人覺得旺柴身邊飄著一個鬼魂。

但既然綠水主動現身了……

「綠水，你可以掃描夜鷹的身體狀態嗎？」旺柴趕緊問。

綠水勾起嘴角，「我就知道你需要我。」

旺柴立刻意會過來，因為不光他與夜鷹是伙伴，綠水跟他們也是伙伴。

他跑過藍姊身邊，將手環往監控電腦的螢幕一貼——

綠水立刻入侵監控室的電腦，大螢幕上開始跑數據，夜鷹的身體掃描報告、做手術時的監控畫面、血液樣本、傷口組織樣本、化驗結果報告等紛紛跳出來，一個又一個的視窗看得人眼花繚亂。

藍姊和小醫生都愣住了，他們從沒見過運算能力這麼強的ＡＩ。

事實上，在ＨＵＣ裡沒有ＡＩ。

藍姊是一個經歷過世界毀滅前的人類，她跟夜鷹一樣都記得世界以前是什麼樣子，當時社會上早就有人在研究ＡＩ，巴克萊雅博士不是第一人，但那時候的ＡＩ還是一個處於夢想階段的發明，使用上並未普及。

如今，旺柴卻有一個能隨身攜帶的ＡＩ助手……

藍姊這才意識到，自己與高層都太小看這名少年了。

他不只是超能力者，他還是巴克萊雅博士的兒子！只有跟博士親近如子才能使用博士的發明，那不知道會對目前的世界有多大助益……

「旺柴，我分析完畢了。」綠水一邊看著視窗裡的數據，一邊道：「這個叫藍冰的女人沒騙你，夜鷹身上的確有病毒感染，而且憑人類目前的醫療能力，沒有辦法治癒。」

「騙人……」

旺柴倒吸一口涼氣，他多希望這是假的。

如果這是ＨＵＣ高層的陰謀，他們想殺夜鷹、想把夜鷹扣留住，那他就有理由使用超能力把這裡炸光，再帶夜鷹逃出去……

「綠水，你再掃描一次！夜鷹之前明明就好好的啊！一定是他們對夜鷹做了什麼！」

「旺柴。」綠水飄到強化玻璃前，看著病床上的夜鷹一臉嚴肅，「我查了他們的資料庫，夜鷹不是第一個被病毒感染的士兵，相信以後也不會是最後一個。」

「所以……」

旺柴不敢相信藍姊的話是真的，讓士兵死亡率最高的不是與怪物戰鬥，而是傷口被感染。

但夜鷹是什麼時候受傷的……

他撐了多久才倒下來……？

「不，我不相信，綠水你一定有辦法！你是超級ＡＩ，你一定可以算出辦法！」

「我在試了。」

綠水看著螢幕中的數據，思索半晌，他拉出夜鷹動手術時的生理監控與自己的掃描結果對比，發現……他的眉頭漸漸深鎖，旺柴也感到不安。

「綠水！」

「旺柴，我之前一直沒有告訴你，夜鷹也來不及對你親口說，但現在一定要說了。」

「你們瞞著我什麼嗎？」

「跟你在一起的這段時間，夜鷹的身體數值一直在改變，有好幾項指標都超過正常人的標準。他的睡眠時間變短，專注力卻變強；他對你說這是他受過專業訓練的結果，但他平常都在種菜、種花、打兔兔，訓練個屁。」

「……」旺柴合理懷疑，綠水只是想嗆人。

綠水調出手術時的監控畫面，「夜鷹的血壓脈搏很高，正常人遇到這種情況血管早就都爆掉了，但夜鷹在這之前就經歷過，使他的身體產生了耐受性。」

綠水調出一張夜鷹的照片，照片裡的男人穿著頗具奇幻造型的黑色皮革大衣，手上卻拿著充滿未來感的狙擊步槍。旺柴還記得照片裡的背景，是猩紅之地城堡的覲見廳。

「美麗新世界！」綠水終於找到了突破點，「因為夜鷹去過美麗新世界！」

夜鷹的血壓脈搏高得不正常，但那個數值卻與跟他進入虛擬世界時一模一樣。主治醫生在動手術的時候，不可能也無法事先取得夜鷹進虛擬世界時的數據，因此，在認為血壓高就要降血壓的前提下，要為夜鷹注射藥劑，但那種藥劑與消炎藥混在一起卻會讓血壓升高，讓醫生十分兩難。

「夜鷹的身體數值和正常人不一樣，判斷標準也會不一樣，但人體的發炎反應就是細胞在與病毒作戰，誰輸誰贏還不知道。」

綠水無法給出一個肯定的答案，因為這中間變數太多了，他飄回旺柴身邊。

「旺柴，夜鷹沒有放棄，他正在跟肉眼看不見的敵人作戰，你就不要給他添亂了。」

「嗯……」旺柴走到強化玻璃前，雙手貼著玻璃。

他在反省了，自己剛才的舉動很魯莽，「對不起……」他喃喃說道。

藍姊把自動步槍揹回肩上，心裡倒是十分感慨。

原來小孩子也是能好好溝通的？

「萬……尼夏……」

忽然，從病房連接到監控室的擴音器裡傳來夜鷹的聲音。

旺柴瞪大眼睛，敲著玻璃，「夜鷹！夜鷹，你醒了？夜鷹！」

「病人之前就有短暫恢復意識，但不久後又昏迷……」小醫生翻閱著資料。

「讓我進去！我要進去看他！」

「嗳，你怎麼講不聽啊？」藍姊都懶得拔槍了。

「此次戰鬥中只有夜鷹一個人被感染，代表傳染率不高。我剛才簡單掃描了一下，空氣裡是沒有病毒的。」綠水說完，只見他嘴角一勾，監控室裡的一個氣閥門就被解鎖，「但我還是建議你戴個口罩。」

「喂！快阻止你的ＡＩ！」

藍姊這才意識到，如果監控室的電腦資料能被ＡＩ讀取，那ＡＩ也能利用電腦網路入侵其他電子設備。

太遲了……

門一開，旺柴就跑進去。

通道裡噴灑著消毒氣體，綠水解鎖最後一道通往隔離病房的負壓門，旺柴跑進去後，門馬上自動鎖上，讓其他人都進不來。

「夜鷹！」

旺柴終於跑到玻璃的另一邊，能親眼看到夜鷹了……但他卻覺得夜鷹的臉色變得更蒼白。

「萬尼夏……」

「夜鷹！」旺柴衝到床邊，握住夜鷹的手。

「我終於找到你了……」

聽到夜鷹氣若游絲的聲音，旺柴的眼淚險些落下，「我在這裡，夜鷹，我會一直陪在你身邊！你要好起來，然後我們就回家！我們要回家了！」

夜鷹先是怔了一下，他的血壓、脈搏都慢慢下降，恢復到正常數值，眼神也變得清澈起來。他艱難地轉動脖子，看到病床前的旺柴和飄在空中的綠水，再結合自己目前的身體狀況、傷勢，大概明白了是怎麼回事……

「綠水，啟動音控屏蔽，不要讓外面的人聽見。」

「沒問題！」

因為夜鷹是他暫時性的主人，所以綠水可以暫時接受這個人的指令，馬上透過入侵監控室的電腦關閉病房裡的麥克風。

因為聽不到病房裡的聲音、電腦又被入侵，藍姊只能砸壞監控室門上的識別機，讓門能開啟，再跑出去搬救兵。小醫生寧願被隔離十四天也不想捲入戰局，看到長官都跑了，他也跑出監控室。

無論如何，現在終於剩下他們了。

「旺柴，你聽我說！」夜鷹彷彿用盡了他此生最大的力氣，抓住旺柴的袖子，「你立刻趕去極樂世界公司，伊韓亞就在那裡！」

「伊韓亞？」旺柴不解，「他不是被我融化了嗎？」

「伊韓亞不會善罷甘休的，你要先發制人！」

「夜鷹……」旺柴懷疑夜鷹是發高燒，燒過頭了，「伊韓亞已經被我打敗了，現在最重要的是你要把傷養好，然後我們就回家。不要去找我爸了，我們就回家……」

不然，旺柴怕自己會先受不了。

如果他在旅途中失去夜鷹，他會後悔莫及的。

「旺柴，伊韓亞是生化人，他有生化人的身體，不會那麼容易被打敗的！」夜鷹抓住旺柴的手腕，但他只在旺柴眼裡看到疑惑，表示旺柴還不知道事情的嚴重性，「旺柴，我想起極樂世界公司了，我想起來了……」

「好好好，你躺好。」

旺柴現在只想勸夜鷹休息，他怕夜鷹會因為情緒太激動，什麼數值又高起來。

「旺柴，你仔細聽我說，我爸爸以前是律師，世界毀滅之前，他正在打一個很重要的官司……」

旺柴有些不解，但他讓夜鷹說下去。

「他那天剛好出差，我從此沒再見過他……」

「嗯……」面對夜鷹一直深埋在心中的遺憾，他只能點頭表示自己有認真聆聽。

「當時，我很討厭我爸爸，因為他是一個很優秀的人，我身邊的人都希望我能繼承他，我覺得壓力好大……」

旺柴點點頭，勉強讓自己撐出一個微笑，不然，他會替夜鷹哭出來。

「我沒有了解過我爸爸，只有在新聞裡讀到他是一個為邪惡企業辯護的黑心律師……當年，極樂世界公司發明了生化人，他們研發出一種跟人類外表一模一樣的軀殼，在殼裡放入AI，就相當於放入靈魂。」

旺柴怔了一怔，難道夜鷹說的靈魂是……

「綠洲集團長期投入人工生命的研究，他們的專長一直是『身體』，他們能做出跟人類一樣的義肢和人工器官，接著、接著……便是整具身體……巴克萊雅博士是研究ＡＩ的權威，如果在極樂世界公司的『身體』裡，放入博士發明的ＡＩ……」

「就是伊韓亞嗎？」

旺柴漸漸懂了，那就是伊韓亞來到這個世界的方式。

伊韓亞被傳送到生化人的身體裡了！

「如果……」夜鷹有更瘋狂的猜想，「綠洲集團成立極樂世界公司，為的就是大量製造生化人。如果伊韓亞掌控了極樂世界公司的電腦，那他就能為自己製造出很多具身體……甚至很多張臉……」

旺柴的心裡涼了一半，所以他只能握緊夜鷹的手。

「當年，極樂世界公司被人權團體、環保團體和一大堆抗議人士告上法庭，生化人因此延後上市，我爸爸就是為極樂世界公司辯護的律師。」

旺柴突然想起車慶媛說過，當年的綠洲集團在打一個很大的官司……

他吸吸鼻涕，吞了吞口水，吐出一口氣，沒想到緣分這麼奇妙。

所以，旺柴想通了，現在的伊韓亞根本不是最重要的。

「夜鷹，你不要再管他了。」

「……？」

「你顧好你自己，好不好？你就只有這一次，為自己著想好不好？」

旺柴現在知道夜鷹為什麼會那麼緊張了，因為夜鷹怕伊韓亞捲土重來，但他沒有了戰鬥能力。

「對我來說，現在你才是最重要的……所以我不會離開你。伊韓亞想殺誰就讓他去殺，世界要毀滅讓它去毀滅，我不會離開你半步的！」

「哈……」夜鷹在呼吸面罩底下的嘴苦笑了一下，「那可不行啊……如果他想殺的人是你或我，該怎麼辦才好？」

「那……那……」旺柴還是想得太少了，「我不行，夜鷹，我不可能一個人去打伊韓亞，我做不到！」

夜鷹的臉色很差，眼眶下方有塊青紫，但他的眼神很溫柔，「旺柴……」

他艱難地抬起手，放到少年的頭上。

「對不起，是我太心急了，如果極樂世界公司是伊韓亞的巢穴，那我們要攻打人家的老巢，勢必要先擬好作戰計畫。」

礙於呼吸器和肺部的發炎反應，他現在應該很難說話才對，但他的聲音低啞得令人安心。

他的手背上都插著點滴針頭，但他仍溫柔地拍了拍少年的頭，因為他要讓那孩子感覺到自己並不孤單。

藍姊帶來的部隊趕到了，個個身穿防護服，工程師在電腦前跟綠水對戰，試圖把被駭入的控制權取回來。藍姊跟士兵都站在強化玻璃前，看著病房內的景象。

隔離病房有隔音，旺柴和夜鷹都聽不到監控室那邊的聲音，但夜鷹知道，不能讓旺柴在這裡待太久。

「旺柴，你去找點東西吃，跟藍姊他們要一間房間，洗個澡、睡個覺，說不定明天我就好一點了。」夜鷹以指尖輕抹旺柴的臉頰，就像他還是高中生時抹去男孩臉上的淚花一樣，「好嗎？」

旺柴握住夜鷹的手，讓夜鷹的手掌能多停留在他臉上一會兒，「嗯……」他點點頭。

「好乖。」夜鷹露出欣慰的微笑。

旺柴轉頭看了監控室一眼，他也知道有人來了，「夜鷹，我突然想到一個辦法。」

「嗯？」夜鷹有些疑惑，他只希望旺柴不要衝動。

「我馬上回來！」

旺柴小心翼翼地將夜鷹的手放回病床上，並示意綠水解鎖。他走出消毒通道，當最後一扇連接監控室的門打開時，他無畏身穿防護服的士兵，直接走到藍姊面前。但他什麼都沒說，只是撥開擋路的槍口，跑了出去。

藍姊沒有下令追擊。

# 第八章 紅色星光

旺柴跑出軍營，這一路上都沒有人攔阻。

他啟動綠水的掃描功能，在人群中辨別方向。

為了救治平民傷患，醫院派出的醫療人員在戶外搭起帳棚，建立臨時的急救站，那邊人很多，旺柴就跑去那裡。

旺柴在人群中發現老大，他正在幫一個受傷的女人哄她的孩子。女人的手綁著三角巾，但孩子一直哭鬧，老大把孩子像飛機一樣抱起，孩子很快就咯咯笑。

旺柴發現瑪麗和她弟弟傑德也在，傑德躺在簡易的病床上，斷腿用夾板固定著，手臂上插著輸液，意識也已經恢復。瑪麗陪在傑德身旁，她注意到旺柴走過來了，和旺柴對上視線。

瑪麗沒有離開她弟弟，旺柴也沒有靠近，而是走向老大那邊，與瑪麗擦身而過。

老大注意到旺柴過來，便把孩子放回女人身邊，叮囑他要好好照顧媽媽。女人對少年投以感激的微笑。

老大對旺柴撇了一下頭，示意兩人有話到旁邊說。

「有事嗎？」老大雙手插進長褲口袋，一副很不耐煩的樣子。

他的態度怎麼差這麼多？旺柴的心裡有些疑惑，但這不是重點，他就先放到一邊。

「你們隊伍裡有補師嗎？」旺柴問。

「什麼？」

「補血、恢復生命值的那種……」旺柴看對方還是一臉疑惑，只好改變問法，「你認識會療傷、解毒的超能力者嗎？」

「有的話我早就帶來了。」老大望向醫療帳棚那邊，旺柴也看過去。自己的同伴受傷，老大心裡並不好受。

「你要會療傷的超能力者做什麼？」老大問。

「我的伙伴受傷了。」

旺柴淡淡地道，在不信任的前提下，他已經不會一股腦地向對方透露了。

「是那個叫夜鷹的嗎？」老大的口氣低沈，但態度上少了先前對軍人的敵視感，「我聽到很多有關他的事，大家都在傳他是ＨＵＣ的英雄，他不是被送進軍方的醫務室了嗎？」

「夜鷹的傷口感染很嚴重。」

「感染？」

「你有碰過嗎？」

「……」老大半信半疑地搖搖頭。

「我聽說讓軍人死亡率最高的，就是傷口被病毒感染，夜鷹現在高燒不退，身體器官都在發炎，他們說這是看不見的敵人……」

看到旺柴欲哭無淚的樣子，老大不禁心軟了，他看了看四周，把旺柴拉到隱密的角落，「你確定不是軍方自己人幹的？我聽說那個叫夜鷹的因為槍殺同袍，被判死刑，現在還有臉回來，應該會惹得很多人不高興。」

「我不知道……」旺柴握著拳頭，強忍住內心的情緒。

綠水已經調查過ＨＵＣ電腦的資料庫，確實有過軍人被病毒感染的前例。證據擺在眼前，綠水不會欺騙他，但綠水無法掃描人心。以夜鷹的狀況來說，這中間是否有人為作梗，旺柴也不知道。

「唉……」老大嘆了口氣，「旺柴，你真以為我們會傻傻被騙？」

「……？」旺柴吸了吸鼻涕，疑惑地望向老大。

「我們光看照片、影片，就相信北方有一個美好的家園？」

「我不想討論這件事。」旺柴只是不想討論，他並沒有原諒老大等人的所作所為。

「我跟你說過，以前是一個老師在照顧我們。其實，老師會定期往返ＨＵＣ，帶藥回來。」

「藥？」旺柴不解。

「嗯，像是感冒藥、止痛藥那些，還有罕見疾病的藥。世界毀滅後已經過了八年，能搜刮的物資都搜得差不多了，如今只有ＨＵＣ這種大型組織能自行生產食物、藥物，當然，還有武器。」

「……」

旺柴記得聽夜鷹說過，世界毀滅過後，出現了很多未知的動植物，動物基本上都是怪物，會攻擊人，但有一些植物卻是靈丹妙藥，只可惜研究不多，能否把這些植物的藥效公之於眾，在HUC的科學家裡也未有定論。

「老師把我們聚集起來，讓我們躲在T大的宿舍，她總是說外面很危險，叫我們不要隨便出去，但她自己卻沒有回來。」

老大說起這件事，表情漸漸轉為忿忿不平。

「大米派狼群出去找過，沒有找到人，也沒有衣服遺物那些的。瑪麗說她要留在HUC不回來了，畢竟她長期跟HUC接觸，有可能被收買。我不知道該怎麼辦，只好跟大家說她被怪物攻擊，在路上出了意外。」

旺柴看著老大心想，老大跟他一樣不過也是十六、十七歲的少年，他有夜鷹和綠水，他們都會照顧他，老大卻要照顧比自己小的孩子們。

「你有在HUC發現那個老師嗎？」旺柴問。

老大搖頭，「我希望我永遠不會在HUC看到她。」

「……」

「我們有一個同學有罕見疾病，以前都是靠老師帶藥回來，現在他的藥快吃完了，那個假的萬尼夏告訴我們，北方有一個超能力者能治癒所有的疾病和傷痛。」

「……」

旺柴沒想到老大背後有這樣的隱情，他的心情頓時感到很複雜，同時也稍微了解到什麼老大會綁架他了，因為只有他能無視所有的怪物，一路向北。

「我剛才問過幫傑德急救的醫生了，他們有藥，我隨便說兩句他們就把藥給我了……」老大從運動服口袋裡拿出藥片，那對老大來說，反而是莫大的打擊，「我以前到底在堅持什麼……這麼容易就得到的東西……」

「……」旺柴沈默不語，但他希望那個生病的孩子會沒事。

老大把藥片收回口袋，拉上口袋的拉鍊，「現在城門已經關了，大家都出不去。我跟瑪麗打算偷多少算多少，你不會舉報我們吧？」

「你們想做什麼都跟我沒關係。」

那是旺柴能容忍的最大限度了。

「我們只要不使用超能力，就不會被發現是超能力者，哈……這裡的人還真蠢，他們沒有能識別身分的儀器嗎？」

老大口中的「這裡的人」把他們當成普通老百姓，一視同仁地救治，那讓他的心情倍感複雜。

「你接下來會去北方，對吧？」老大問。

「嗯！」旺柴堅定地點頭，「你有那個超能力者的線索嗎？我要怎麼找他？」

「是『她』。我沒有親眼見過她，但那個假萬尼夏說，她是北方團的首領之一，很多人都聽她的話。」

「她有名字嗎？她長什麼樣子？」

「她跟我們年紀差不多，而且是首領，應該很好認。假萬尼夏發過一張照片，是一棟像城堡的建築物，首領都住在那裡。」

「城堡？」

「嗯，是他們用超能力蓋起來的，大家分工合作，所以北方團都很自豪，把那裡當成地標。你去那邊的話，他們應該很快就能接受你了，像我們這邊其實……有一些孩子是普通人。」

「咦？我以為你們都……」

老大搖頭，「就算我們進得去，但那些沒有超能力的孩子怎麼辦？大家都是同學，不，都是兄弟姊妹了，我不能讓他們被拒之門外……」

老大會聽假萬尼夏的話、一定要弄到門票的心情，旺柴現在懂了。

「謝了。」旺柴聲音低沈，裝作酷酷的。

「希望我們永遠不會再見。」老大雙手插進長褲口袋裡，轉身走了。

旺柴跑回軍營，一路上仍沒有人攔著他。

※

旺柴回到監控室，守門的士兵立刻放他進去，坐在電腦前監控病人生理跡象的小醫生也幫他開門。

小醫生低著頭，不敢跟旺柴對視，綠水倒是主動飄出來，哼了一聲，因為這些人類自始自終都沒有打敗他，他有理由得意。

藍姊找來的工程師沒一個有用，綠水跟這些人在程式的世界對戰就像螳臂擋車，人類是準備被壓死的螳螂。

綠水飄到小醫生面前，在空中擺出各種做作的姿勢。小醫生則縮到一邊，他都快被軍人嚇死了，這「鬼魂」又是怎麼回事？

綠水看到有人怕他就越得意，是旺柴敲了敲手環，綠水才飛回來。

旺柴和綠水進到隔離病房，夜鷹聽到聲音，緩緩張開眼睛。

「夜鷹！」

一看到夜鷹，旺柴還是忍不住內心的激動，跑到病床前，握住夜鷹的手。

夜鷹的手指冰涼，跟他之前握的時候不一樣。

「你還好嗎？你有好一點嗎？」旺柴趕忙問。

「怎麼了？你怎麼又回來了？」夜鷹語氣虛弱，但還是勉強擠出一個微笑，「藍姊他們有虧待你嗎？軍營內應該還有空房……不然我以前的宿舍……」

「夜鷹，」旺柴微微俯下身，「北方有一個會治癒術的超能力者，我要去找她，把她帶到你的身邊，讓她治療你。」

「什麼？」夜鷹對旺柴的方法頗感意外。

能讓夜鷹露出目瞪口呆的表情，旺柴覺得這一趟值了，心底有點小小的得意！

「你看著吧！我一定會完成任務的！」旺柴拍了拍胸脯，「一言既出，駟馬難追，哼哼，我這樣是不是很帥？」

「是，呃、不是……他是要去哪裡？」夜鷹見旺柴無法溝通，只好問綠水。

綠水不負責任地聳肩，「只要不會讓超能力失控，都不關我的事。」

「不對，旺柴，你再說一次你要去哪裡？」

夜鷹抓住旺柴的手臂，激動地想撐起上半身，但旺柴握住他的手，讓他能慢慢鬆開。

旺柴把夜鷹的大手包在自己的雙手之間，他的體溫傳過來，讓夜鷹不禁怔了一下。

「夜鷹，我們所在的這個世界，它既是遊戲，也不是遊戲。它像美麗新世界一樣，可以放技能殺怪、可以使用『魔法』。按照遊戲設計的原理，有主破壞的技能，就有能回血、解毒的技能。」

旺柴慢慢地說，他的語氣溫柔而堅定。

「所以，我要把那個補師找出來，解除你的中毒狀態，讓你血量全滿復活！」

旺柴說得很有自信，夜鷹卻是一臉不可置信。

「你知不知道你要去地方有多危險？連我都沒有去過北方超能力者的地盤！我不知道那邊有什麼……」

情報不足、前方的道路未卜，都讓夜鷹放不下心，但這些旺柴都知道。

「我不在乎。」

「旺柴！」

「為了你，」旺柴雙手放在夜鷹的肩膀上，讓他躺回病床，「也為了我們的未來，我想要繼續跟你旅行下去，不管去哪裡，回家也好、繼續看看這個世界也好，你想利用我，把所有的怪都除掉都好……」

「……」夜鷹看了綠水一眼，八成是綠水把兩人的對話都告訴旺柴了。

「夜鷹，我不想再當一個被你保護的孩子了！」

「你不要這麼想，我沒有當你是累贅……」

「我也想要保護你。」

不曾有人對他說過這種話……

「夜鷹，我們是伙伴，伙伴就是為彼此付出，不是你一直在保護我、我一直聽你的話……你要讓我長大。」

夜鷹想起夢裡的男孩，他希望自己能一直守護他，不需要長大……

「你還記得這個嗎？」旺柴從口袋拿出一枚深色的紅寶石戒指。

夜鷹看到戒指的顏色和形狀，馬上就想起來了……

兩人通過副本後的加碼獎勵，貓總督頒的。

當時，旺柴想把戒指讓給夜鷹，因為他覺得夜鷹比較會使用裝備，而且吸血鬼王是夜鷹打的，獲得稀有道具當之無愧。但夜鷹卻把戒指給了旺柴，說自己不會用到，因為──「我是來找你的」──夜鷹說，他從一開始就不打算在美麗新世界久留。

旺柴拿出來的戒指不管是成色或款式，都與美麗新世界裡的道具幾乎一模一樣，夜鷹一時之間竟不確定……

這是真的嗎？

「我在路上撿到的。」旺柴說，「我們這一路上也不是一無所獲。」

「我都不知道你撿到這個……」

「嗯，因為我想私藏，就沒告訴你。」旺柴露出一個頑皮的笑容。

旺柴又拿出一條小繩子，穿過戒指，再把繩子掛在床頭的狙擊步槍上。

槍能掛在床頭，那是給軍人的禮遇，因為HUC的軍人首重紀律，武器一定不會離身，即使病倒了也不例外，因此夜鷹的槍沒有被收走。

「送你！」旺柴把綁好戒指的狙擊步槍，拿到夜鷹面前。戒指綁在槍的背帶上，這樣夜鷹只要一揹起槍就會看到它，也不會妨礙戰鬥。

夜鷹慎重地以雙手接下槍，因為他知道在這一刻，旺柴去意已決，說什麼都不會改變。

「夜鷹，是你教會我現實 Online 的玩法，現在我知道要去懷疑、去思考，不要隨便透露自己的身分。」

「如果不是我，你還在玩更好玩的遊戲……」

「不。」

夜鷹從美麗新世界喚醒了自己，即使夜鷹說這樣破壞了巴克萊雅博士的計畫，但在旺柴心裡，他從未埋怨過夜鷹。

「不管是哪個遊戲，如果沒有跟你一起玩，那就一點都不好玩了。夜鷹，你就是我的新世界！」

「……」

夜鷹沒有在旺柴身上看到當年那個愛哭男孩的影子，但他看到了一個勇往直前的少年。這少年也許不太聰明、行事有點魯莽，但他會成長。

總有一天，他會長到自己觸不可及之處。

「我知道了。」夜鷹不打算阻止了。

「你要乖乖等我回來。」

「嗯……路上小心。」

旺柴離開隔離病房，經過消毒通道後回到監控室，最後透過強化玻璃看了夜鷹一眼。

「我聽到你們的對話了。」藍姊穿著防護服，聲音從口罩下傳來，「真感人啊，我眼淚都快掉下來了。」

旺柴不想理這女人，他走出監控室，藍姊也跟了出去。

「夜鷹是對的。」

聽到藍姊的聲音，旺柴回過頭來，皺眉。

「你不知道你要去的地方有多危險，我們派過無人機去北方探勘，都被打下來了，沒有人知道那邊有什麼。」

旺柴的想法倒是不同，「如果妳派無人機來我家，我也會把妳打下來。」

因為那很不禮貌，他沒有義務要被陌生人看光光。

藍姊聳肩，不以為意，「如果你找到了那個能治療夜鷹的人，你要怎麼把她帶回來？」

這算什麼問題？這在旺柴看來根本不成問題，所以他笑了一下。但他注意到藍姊是很認真地在問，那讓他漸漸收起笑容，察覺有異。

「你要把人綁回來嗎？」藍姊一副等著看好戲的樣子。

「我當然不會那麼做！」

「如果對方知道你要她治療的對象是ＨＵＣ的軍人，你確定她會乖乖跟你過來？我話說在前頭，ＨＵＣ的立場是反對超能力者的，超能力者也不怎麼喜歡我們。」

「……」

旺柴覺得這中間好像有一些……不知怎麼描述的複雜關係……

他太笨了，目前還理不清頭緒，但那不妨礙他往自己的目標前進。

「至少我願意嘗試！」旺柴握著拳頭，壓抑住光亮。他看著藍姊，眼神毫不動搖，「到時候要怎麼辦，等我找到這個人再說，但我一定會把她帶回來……你們給我好好顧著夜鷹！」

旺柴頭也不回地跑走了，跑出醫務室、跑出軍營。

他跑過帳棚前的人群，跑過正在焚燒怪物殘骸的軍人，跑過空曠的街道……

像要把胸中積鬱的情緒都抒發出來似的，他張大嘴巴，氧氣吸進來又吐出去。他聞到街上的空氣裡有細微的血腥味和汗味，那就是戰場的味道。即使戰鬥已經結束，那味道卻仍殘留在空氣裡，久久不散。

城門為他打開，站崗的士兵冷漠地注視他離去。

他向著北邊跑。

天地之間只剩下他一個人在外面跑。

跑啊跑。

跑啊啊啊啊啊！

跑！

他越跑越慢，漸漸停下來。

「我不行了……哈啊……哈……」旺柴雙手扠在腰上，彎下腰喘氣，「綠水，我真的不行了……為什麼……我的……超能力……沒有加速……」

綠水飄出來，嘴角不知道要向上彎還是向下彎，「旺柴，我都不知道要嗆你還是同情你了，可以讓我感到這麼矛盾的情緒，算你行。」

「可、可以……同情嗎？」旺柴跑得上氣不接下氣，「我們……還有……多久……？」

綠水叫出地圖，「根據我之前入侵ＨＵＣ電腦找到的資料判斷，要到達無人機探勘的地區要徒步四天，再往前才是超能力者聚集的城市，大概走個七天。」

「不行，我們不能……」旺柴拖著腳步往前走，即使是用搬的，他也要把自己的腳搬過去，「夜鷹還在等我……我不能……在這裡……耽擱……」

綠水飄在一旁，假意用袖子拭淚，「嗚嗚嗚，可憐的旺柴……只有一個人要去找解藥，都沒有人幫你，因為你沒朋友、沒人緣、沒錢，噢噢，真的好可憐！」

「你……給我……哈啊……哈啊……」旺柴改用小跑步。

「少年啊，勇往直前吧！我會支持你的！」

「你閉嘴啦！啊啊啊！」

旺柴累到都快哭出來了，但是不行，他不會放棄的，一定要堅持下去。

「我們到了沒？」

「你才跑了十分鐘。」

綠水挑挑眉，他飄在旁邊，速度可快可慢，雙腳還不沾地，非常輕鬆。

「啊啊啊……」旺柴仰天吶喊，欲哭無淚。

他跑一跑又停下來，蹲在地上喘氣，臣妾實在不行了啊！

「我要休息一下……五分鐘，不，五秒鐘就好……」

「旺柴。」

「我對不起夜鷹，可是我真的不行，我好累……」

「旺柴！」

「沒關係，我喘一下，我還可以堅持，我們用跑的……可以早點到……一定要早到……」

「旺柴！！」

綠水飄到旺柴面前，張開雙手擋住去路，旺柴這才注意到身後有車聲，正在往自己這邊靠近。

旺柴回頭，一輛裝甲車開過來，停在他身旁。

裝甲車上備有遠程機槍，一個穿著軍服、揹著槍的女人從載員艙下來，對旺柴伸出手，「我們聽到你跟藍姊的對話了。」

「……」旺柴對女人投以不信任的目光。

「我們是維和部隊第八團的成員，夜鷹以前的同事。我們自願來幫你，將你送到北方的城市。」

如果可以，旺柴想要再信任陌生人一次。

他握住女人的手，站了起來。

「從這裡往北開，如果是以前，大約一天就會到了，但世界毀滅後，馬路沒有人修繕，我們不確定這中間的路途是否順暢，也不確定會不會遇到怪物。」女人扶著旺柴坐進載員艙。

載員艙裡已經坐了四個人，個個都是荷槍實彈的軍人，再加上女人、旺柴，一共坐滿六人。

裝甲車上另外有駕駛員一人、砲長一人，整支小隊一共八人。

「導航交給我們，如果遇到怪物，就靠你了。」女人替旺柴扣好安全帶，「我叫琥珀，你呢？」

「旺柴。」

「士傑。」一個高高瘦瘦的男人主動跟旺柴握手。

「阿梨。」一個紅髮女人跟旺柴握手。

「雪豹。」

「克雷西。」他們都跟旺柴握手。

「你要吃點心嗎？」士傑從座位底下拿出一條巧克力棒。

旺柴記得夜鷹說過，那是末日前的包裝，但還是可以吃的，因為那種食物經過特殊處理，可以放很久。

「謝謝……」旺柴收下巧克力棒，他受寵若驚。

他在美麗新世界的時候都找不到人組隊，接著就跟著夜鷹行動，如今多了這麼多隊友，被很多人包圍的感覺讓他有些不適應，尤其這些人都是大人，是跟夜鷹一樣的人。

「放輕鬆，大家都是好人，你會開嗎？要我幫你開嗎？」琥珀幫旺柴撕開巧克力棒的包裝。

旺柴原本想說他自己也會的，又不是多難的事，但琥珀搶先一步幫他做了。

雪豹和克雷西打完招呼就閉目養神，琥珀和士傑卻以寵膩的眼神看著旺柴，那讓旺柴有點不自在。

阿梨敏銳地注意到了，「好了啦，你們那樣看著人家！他可是夜鷹教出來的，你們對他越好，他就會越有戒心，你們不要影響伙伴關係，以致於妨礙任務啊！」

「呵呵，真的是夜鷹的伙伴呢！」琥珀笑道。

士傑也只好收回目光，但仍面帶微笑。

「所以……你們都認識夜鷹嗎？」旺柴一邊含著巧克力棒一邊問。

「我們都是第八團的成員，但是沒有全員到齊。」琥珀解釋道，「這次任務是我們自願發起的，上級沒有下達指示，所以……我們也算是擅自離營。」

「他們什麼都不會做。」閉著眼睛的雪豹突然開口，「能把夜鷹送進病房已經不錯了，還好不是送到停屍間。」

「在孩子面前說什麼呢！」

琥珀連忙遮著旺柴的耳朵，但旺柴其實不需要對方這樣……

「他不就是因為知道夜鷹的狀況才離開ＨＵＣ的嗎？」雪豹的眼睛張開一條縫，將目光投向旺柴，「他知道自己在做什麼，而且也不需要妳保護，琥珀。」

旺柴輕輕撥開琥珀的手，雪豹也證明了自己沒看錯。

「是我們，需要他的保護。」

所有人都看向旺柴，旺柴無所畏懼地……舔了舔嘴唇，不然嘴唇有點乾嘛！

「我們算是各取所需，我們都想救夜鷹，即使夜鷹不需要我們。」

「……」旺柴不懂雪豹的話是什麼意思，但他靜觀其變。

「夜鷹發生了『那種事』卻沒有向我們任何一個人求救，就自己跑走了，他不把我們同隊這麼多年的情誼放在心上，我們不救他一把，然後狠狠打他臉，那怎麼行？」

「呵……」克雷西在偷笑。

雪豹頭一撇，不說了，繼續閉目養神。

「旺柴，你可能沒辦法馬上跟我們變熟，但沒關係，我們會證明給你看，大家的目標都是一樣的。」琥珀柔聲道。

「嗯！」旺柴點頭，他對前路更有信心了。

他相信自己一定可以做到的，因為他不是孤單一人。除了夜鷹的前隊友，他還有綠水、有夜鷹在心裡守護著他，他什麼都不怕！

※

藍姊將監視夜鷹的指令交代下去後，回到自己的宿舍房間。

由於升任指揮層級，藍姊的房間從單人房升等為兩房兩廳的套間，但她沒有愛人、孩子，多出來的空間仍是由她一人獨享。

她脫下軍服，走進淋浴間，想起晚上有慶功宴，她得出席。

這一天真漫長……

軍營外的街道上都搭起了帳棚，屆時會由軍方的伙食兵和一般餐廳的廚師一起準備餐點，這是為了紀念那些在戰鬥中失去的家人、朋友、愛人，也是為了犒賞自己，犒賞所有為了保衛家園而努力的人。

雖然她不確定站在螢幕前動動嘴皮子算不算努力，但ＨＵＣ此時需要有個場合將所有人凝聚起來。

熱水沖灑下來，浸濕了藍姊的頭髮，她全身包括頭髮都有消毒水的味道，讓她不禁想起夜鷹。

夜鷹也沒有愛人、孩子，這點跟她一樣，他們都把時間奉獻給了ＨＵＣ，夜鷹卻跟她走上了不同的道路。

她看過夜鷹的案件報告，裡面確實有疑點，但夜鷹本人始終不肯透露殺人動機，讓任何人都無法洗刷他的冤屈。夜鷹做的事也很極端，他不向ＨＵＣ內的任何人求助，包括以前在維和部隊的隊友，他就直接跑出ＨＵＣ了，這點讓大家都沒想到。

夜鷹逃離偵訊室後，大家都以為他還躲在城裡，因此搜尋範圍僅限於ＨＵＣ內部，這個決策後來證實耽擱了不少時日。

藍姊曾經帶人把夜鷹以前的同事都盤查過一遍，但這舉動反而是此地無銀三百兩，讓一堆不相干的人知道了夜鷹被逮捕的事，因此，早在藍姊抓回夜鷹之前，夜鷹槍殺同袍但證據有問題的事早就已經在軍營裡傳開了。

跟夜鷹無冤無仇的人不想攪渾水，認識夜鷹的人都不願加入追捕行動，藍姊只好去找沒聽過夜鷹大名的新人和死者的交友圈。

結果就是夜鷹又活著回來了。

這次不知道他能不能挺過……

藍姊其實有些擔心，因為夜鷹發病的時間很短，病毒數量卻增加得很快，情況可能不樂觀。

她走出淋浴間，披上毛巾，正在用毛巾擦頭髮的時候，房間內的通訊螢幕亮起。她不開鏡頭，只留語音。

「什麼事？」

「……」

聽完對方的指令後，她匆匆換上軍服，揹起自動步槍出門。

她趕到某間辦公室，先敲了敲門，聽到應聲後才進去。

沙發上坐著兩組人馬，分別是黃上將和他的妻子、一位穿著白袍的老婦人和她的丈夫。

藍姊神色慌張，因為用跑的過來，她還在喘氣，但她對老婦人點頭致意，叫了一聲：「阿姨、姨丈。」

「藍冰。」老婦人也喚了一聲，「事情辦好了嗎？不然妳跑過來做什麼？」

「這太荒謬了，我不能……」

「住口！」黃上將大聲叱喝，「藍冰，妳是我一手提拔的，我跟我太太都很照顧妳，我的兒子死了，妳應該知道我們有多痛苦。」

「藍冰，我的兒子死了！」老婦人彷彿仍能感受到錐心之痛，讓她不得不捧著自己的胸口，她的丈夫則緊緊摟著她，「他是妳表弟，我們是一家人，妳要為家人著想啊……」

「他遲早都會死。」姨丈把頭轉到一邊，躲開了藍泲的視線，「用在他身上的藥可以拯救多少人？那些藥都白白浪費了。」

「就是啊，」老婦人附和，「妳當我們資源很充裕嗎？他早就不是我們ＨＵＣ的人了，我們沒有必要把珍貴的藥品浪費在他身上。」

「妳不做，有人會做。妳出去吧。」黃上將揮了揮手，不願多談。

藍泲什麼都無法思考，但她最終還是點了點頭。

她走出辦公室，聽到外面有慶功宴開始的聲音，輕柔的音樂從擴音器裡傳出，整座城市都聽得到，她卻變得失魂落魄……

她走向醫務室，途中遇到了車慶媛。

車慶媛身後有兩名持槍保鏢。車慶媛目前的身分是官員，而非軍人，但她出身遠山空軍基地，腰間才會配掛手槍，維持軍人武器不離身的傳統。

「有人跟我說妳急著去見黃上將，發生什麼事了嗎？」

「妳在監視我嗎？」

「哈哈。」車慶媛笑了。

藍姊沒有忘記車慶媛在世界毀滅前的身分，她在遠山空軍基地的戰略情報部擔任部長，就是俗稱的「情報頭子」。如今，ＨＵＣ沒有戰略情報部，但車慶媛的勢力還在，她也順理成章地在ＨＵＣ裡擔任要職。

「這條是通往隔離病房的走道，目前在隔離病房的病人只有夜鷹，我認為夜鷹是ＨＵＣ內非常有價值的人才，所以，我能知道是什麼事嗎？」

「……」藍姊閉口不言，但車慶媛既然都知道她去見了黃上將，還有辦法堵在通往隔離病房走道上等她，她就不相信車慶媛會一點眉目都沒有，「妳應該早就知道了吧？」

「知道歸知道，但聽到妳親口說出來的，感覺不一樣。」

「哈！」藍姊當對方是在耍人，「可以請您讓開嗎？」

「妳打算聽他們的話？」

「我還有其他選擇嗎？」

車慶媛好整以暇地將手插進西裝褲口袋，「這個世界是不會變回原來的樣子了，所以，不是每個人都會想讓它復原。有人會選擇為自己的前途打算，這很正常。」

「妳在說我嗎？」

「妳阿姨是知名的內科醫生，為我們訓練了很多年輕人，加入市民醫院；妳姨丈是軍醫兼科學家，他帶領的團隊正在研究末日的動植物，他們都是很重要的人才。黃上將是代替妳父母扶養妳的人，黃、藍兩家一直都是世交。」

「妳連我的背景都調查過？」

「妳母親以前是老師，父親在遠山空軍基地當將領，但他們很早就過世了。對妳來說，世界早就毀滅了。」

「妳還有什麼不知道的？」

藍姊的臉色變得陰沈，被陌生人看光光的感覺並不好受。

「妳可以當一個聽話的好女孩，我不會阻止妳，但是，我希望妳留給他軍人的尊嚴。」車慶媛說完，就要帶著保鏢離開。

「車部長！」藍姊叫住對方，「為什麼不阻止我？」

車慶媛回過頭來，她不用穿軍服、不用擺出一副很有威嚴的樣子，存在感仍令人不容忽視，「妳問我為什麼不阻止妳？我倒想問妳，我為什麼要做那種事？」

「您都已經知道了……」

「夜鷹要為他做過的事付出代價，總有一天你們也會的。」

藍姊看著車慶媛的背影，不久的將來，她就會知道那個代價是什麼了。

※

「你們……你們要做什麼？」

一群穿著防護服的人進到隔離病房，七手八腳地拆掉夜鷹身上的偵測貼片、點滴針頭，並把人用束帶綁起，抬到擔架上。

「你們……唔唔……」夜鷹的嘴巴被塞住，頭被用黑色頭套罩住，整個人被綁得像木乃伊，「唔唔……」

擔架被推出去時，藍姊就在監控室裡看著，面無表情。

經過長長的走廊，夜鷹的頭又暈又痛，耳裡卻聽到音樂聲……

擔架被推進救護車裡，藍姊和一名司機上了車，車子專走無人的街道，悄悄駛出ＨＵＣ的城門。

在夜色的遮掩下，救護車沒有鳴笛閃燈，它就像一輛普通的運輸車，疾駛而過。

不知道過了多久，車終於停下來。

藍姊和司機一起把擔架搬下來，再把夜鷹抬到馬路邊的草地上。

藍姊抽掉黑色頭套和嘴套，夜鷹不停地喘氣，她不用碰到他的臉就知道他正在發高燒，因為他滿頭大汗，眼神都渙散了。

「妳……妳為什麼……要……」

「我只是遵照上級命令。」藍姊只能這麼說。

她解開夜鷹手腳上的束帶，但即使不用束帶，夜鷹也全身癱軟無力，只能躺在地上。

藍姊從司機手上接過一把狙擊步槍。

夜鷹的槍，一個軍人的尊嚴。

她把槍放在夜鷹身邊，快步跑回車上，車子揚長而去。

「藍……哈啊……啊啊……」

身體很痛，全身上下都在痛！

即使只是動一根指節也像有千根針在刺，皮膚只要稍微碰到就痛！

夜鷹在意識模糊之間，曾聽到醫生說藥不管用，但少了所有的藥和輸液，他反倒痛到沒辦法移動，因為一動就痛。

那至少證明輸液是有效的，有讓他舒服一點……

在同一片星空下，HUC裡傳來人們的歡聲笑語，主持人換了一台空拍機，拍攝在舞台上表演的女歌手。女歌手穿著黑色長裙，一開口便是天籟之音，撫慰人心。

同一片星空下，旺柴和隊友們在野外紮營，他們向旺柴展示軍方的最新科技。只見琥珀拿出一根金屬棒，張開對人體無害的電流屏障，它有偵測警報的用途，也能提高電流強度，當成攻擊用的武器。

士傑做好了晚餐，旺柴和隊友們一起吃飯，旺柴對他們的小棒棒有興趣，他們也對旺柴的AI助手有興趣，而綠水表演了一場漂浮秀。

同一片星空下，藍姊回到房裡喝悶酒。

同一片星空下，沒有人聽見，槍聲接連響起。

夜鷹一個人握著狙擊步槍，忍受著被怪物撕咬的痛楚，紅光爬滿了他全身，將他拖向深淵，他也發出了此生最激烈、最憤怒的吼叫。

「啊啊啊啊啊——！」

——下集待續

# 後記

謝謝你和我一起來到第二集，這是我的第四十八本小說，非常感謝你的閱讀。

此夜鷹非夜鶯，夜鷹的名字由來不是唱歌的那個夜鶯（Nightingale），而是參考現實中真實存在的特種部隊，夜鷹特勤隊，以及名為「夜鷹（Nighthawk）」的美國匿蹤戰機 F-117。我覺得這名字滿酷的，也符合角色的職業設定，就將本作的男主取名為夜鷹。

夜鷹是遠程攻擊的高手，如何讓他有近戰的表現，我費了一番功夫去思考這段的劇情。夜鷹也是一個善於動腦的角色，他補足了旺柴思慮不周全的那一面，所以我覺得跟夜鷹一起旅行應該滿輕鬆的，他什麼都會幫你規劃好，還不會催你要幾點到。

你以為旺柴跟夜鷹是本劇ＣＰ嗎？

不，你錯了，旺柴未成年，我怎麼可以這樣配呢？

一部作品裡面沒有不可描述的內容就太可惜了，如此重責大任就落到了劇中兩位成年的男主身上，為此，我特別設計兩人來了場貼身肉搏，拳拳到位。

只見兩個男人抓著彼此的（嗶——），其中一人的嘴唇幾乎貼著另一人的耳朵，他用性感的嗓音低語：「我喜歡看人被刺穿的畫面。」

——喔我是說，我喜歡看到你被一根粗粗尖尖的棒子穿過去的畫面，誰叫我是喜歡做人肉串的血腥伯爵。但現在沒有粗粗尖尖的棒子可以刺穿你，就勉為其難地讓我的拳頭穿過你的肚子，我會使用魔法，所以我可以變出黑色熔岩般的拳套，讓黑色的熔岩石刺穿你。

——什麼？我沒辦法使用魔法了？但沒關係我還是比你強，我想怎樣就怎樣，我想要你深情地叫我的名字，不准拒絕！

——什麼？你居然說出我最在意的事！是瞧不起我不能用魔法嗎？讓我更惱羞成怒地想刺穿你了！

——噯不，等等，我有點不忍心，如果你死了就沒有人會用相愛相殺的口氣叫我的名字了，一個人的名字是很重要的啊！不是有一部電影就叫「〇的名字」嗎？

——好吧，看你快死的份上，我最後還是放過你了，讓你重整旗鼓，我們以後才好再打一場。我等著你過來，我知道你一定會想消滅像我這樣的大魔王，我就在城堡上等著你，因為我很喜歡站在高處睥睨眾生，那感覺很爽。

——喔對了，我還為你留了一間大房間，景觀好、空氣好，層層帷幕後面就是大床，讓你可以盡情地叫我的名字，不然陽台也是滿有（情）趣的……

剩下的就不應該在一本普遍級的小說裡描述下去了，不過我覺得夜鷹應該會很想逃。

腦補自己的角色很有趣，這些角色好像活了起來，我特別喜歡寫角色的對白，因為我會去思考角色的語氣、說話的方式，就好像他們的劇情在我眼前真實上演一樣。

其實，對白要寫得好是最難的，因為對白除了用來推進劇情，讓讀者看到——喔，現在有N個人在講話，他們好像交代了某一段劇情或某一種關係等等——之外，更重要的是表達這個角色到底是誰。

每個角色講話的方式都不一樣，他會講出的話也不一樣，因為這牽扯到角色的背景設定、立場、目標、價值觀等等都不一樣。對白寫得好就會出現所謂的「金句」，讓讀者或觀眾非常難忘，這個過程我也依舊在學習。

文字是一種很容易上手的媒介，但是敘事的潮流會一直變動，說故事的方法也不只有一種，因此我常常在想，自己還能做些什麼？

可能我短時間內沒有答案，但我會盡力寫好每一個故事，讓每一次的出版都不留下遺憾，希望你們會喜歡。

我一直覺得寫作是面對自我的過程，這些文字出自真誠，而非套路，所以，比起角色之間的搞笑互動，我對角色的寂寞、憤怒其實更能感同身受。

回想我整個創作過程，我不只是去設計一個美美的角色，想一段複雜或有趣的劇情，而是在想辦法尋找一個讓自己比較舒服的狀態，想辦法讓自己與人群接軌，並變得更好，所以，寫作對我來說就像是一種抒發與療癒。

如果你也會感到寂寞、憤怒，甚至是無助，我覺得躲在自己的殼裡不是一件不好的事情，但等到時機成熟，也許可以給自己一個機會，去完成以前都一直很想做的事，去做一個不一樣的決定，去看看這個世界還有不一樣的風景。

所謂不一樣的決定，並不是什麼很重大的決定，例如說，你平常早餐都吃三明治，今天突然換成了蛋餅，意外發現這家早餐店的蛋餅其實不錯（或其實很難吃，下次要記得不要點錯），我認為那就是了。

祝福你一切順心，我們下集再見。

子陽

二〇二一年　秋

高寶書版集團
gobooks.com.tw

**輕世代 FW376**
**我從遊戲中喚醒的魔王是廢柴02 新任務：虛實連結**

作　　者　子陽
繪　　者　白夜BYA
編　　輯　陳凱筠
封面設計　林檎
排　　版　彭立瑋
企　　劃　方慧娟

發 行 人　朱凱蕾
出　　版　三日月書版股份有限公司
　　　　　Printed in Taiwan
地　　址　臺北市內湖區洲子街88號3樓
網　　址　www.gobooks.com.tw
電　　話　(02) 27992788
電　　郵　readers@gobooks.com.tw（讀者服務部）
傳　　真　出版部　(02) 27990909　行銷部 (02) 27993088
郵政劃撥　50404557
戶　　名　三日月書版股份有限公司
發　　行　英屬維京群島商高寶國際有限公司台灣分公司
　　　　　Global Group Holdings, Ltd.
初版日期　2022年4月

國家圖書館出版品預行編目(CIP)資料

我從遊戲中喚醒的魔王是廢柴. 2, 新任務:虛實連結/子陽著.-- 初版. -- 臺北市：三日月書版股份有限公司出版：英屬維京群島高寶國際有限公司臺灣分公司發行, 2022.04-
面；　公分. --

ISBN 978-986-0774-87-0(第2冊：平裝)

863.57　　111003233

◎凡本著作任何圖片、文字及其他內容，未經本公司同意授權者，均不得擅自重製、仿製或以其他方法加以侵害，如一經查獲，必定追究到底，絕不寬貸。
◎版權所有　翻印必究◎

三日月書版

三日月書版

GOBOOKS & SITAK GROUP©

GOBOOKS
& SITAK
GROUP©